권경욱 게임 판타지 소설

기갑
전기 매서커

GAME FANTASY STORY

# 기갑전기 매서커 9

권경목 게임 판타지 소설

초판 1쇄 찍은 날 § 2010년 5월 27일
초판 1쇄 펴낸 날 § 2010년 6월  2일

지은이 § 권경목
펴낸이 § 서경석

편집장 § 문혜영
편집 § 주소영 · 이수민

펴낸곳 § 도서출판 청어람
등록번호 § 제1081-1-89호
등록일자 § 1999. 5. 31
어람번호 § 제1-1152호

주소 § 경기도 부천시 원미구 심곡2동 163-2 서경B/D 3F (우) 420-822
전화 § 032-656-4452  팩스 § 032-656-4453
http://www.chungeoram.com
E-mail § chungeoram@chungeoram.com

ISBN 978-89-251-2190-1 04810
ISBN 978-89-251-1285-5 (세트)

권경목 게임 판타지 소설

# 기갑 전기 매서커

## GAME FANTASY STORY

**9**

그랜드 퀘스트 편

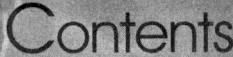
# Contents

War 00

깨어나는 한국

機甲戰記
Massacre
기갑전기 매서커

　초여름의 후끈한 바람이 사람들의 얼굴을 부드럽게 매만
지고 지나갔다. 뜨겁지도, 끈적하지도 않은 기분 좋은 느낌이
거리를 지배하고 있었다.

　거리를 오가는 사람들의 얼굴에 부드러운 바람만큼 싱글
벙글한 웃음이 걸려 있었다, 누구 하나 예외가 없이.

　나이 지긋한 어른까지 주먹 인사를 정겹게 주고받았다.

　"여어―!"

　"요오!!"

　당연한 인사법인 양.

　아이들은 플라스틱 검에 종이 가면, 보자기 망토를 두르고 놀이터와 골목을 떼를 지어 누비고 다녔다.

"야이, 식어 빠진 스파게티야ㅡ!"

"하압, 피자 베기!!"

아이들 얼굴엔 빛과 같은 환한 웃음이 가득했다.

그들은 어제의 행복한 이벤트를 평생 기억하리라.

대도심 중심가에 설치된 홀로그램 전광판엔 '승리, 승리… 압도적인 승리!' 라는 커다란 문구가 입체적으로 지나갔고, 하루 전 게토에서 벌어진 한밤의 거리 응원 그림이 흘러나왔다.

그림엔 다양한 인종으로 이루어진 게토 거주민들이 승리한 한국을 목이 터져라 연호하고 있었다.

한국ㅡ! 한국ㅡ!! 한국ㅡ!!

그들이 연호하는 것은 '대한민국', 이 네 글자가 아니었다. '한국' 이었다.

열광은 당연했다.

경제적인 이유에서든 정치적인 이유에서든 이들의 부모 세대는 대한민국을 꿈과 희망의 땅으로 여기며 찾아왔고, 냉담과 차별 속에 정착했다.

하나 이 땅은 그들의 자식과 그 자식들에게 꿈과 희망을 나누어 주지 않았다.

거대한 벽이 되어버린 대한민국에 그 자식들은 등을 돌렸다.

그렇게 대한민국 속의 이방인, 게토인이 되어 게토인을 다시 낳았다.

한데 어제 그 이방인인 줄 알았던 게토인들이 일을 냈다.

이방인이 아닌 한국인으로서.

그들의 참여가 냉담하던 한국 개인 유저들의 참여를 이끌어냈다.

이 땅이 만든 이방인들이 바로 어제의 주인공이었다.

영웅이었다.

전광판 그림은 생방송 사인과 함께 게토 중심가로 바뀌었고 지나가는 게토 주민들을 비추었다.

이국적인 주민들의 얼굴엔 환한 웃음이 가득했다, 오늘을 즐기는 여느 한국인처럼.

게토인 특유의 위축되거나 분노한 표정은 그 어디에도 없었다.

그림이 바뀌었다.

게토 지역 주민 센터엔 다양한 인종의 사람들이 길게 줄을 지어 차례를 기다리고 있었다.

들뜬 목소리의 여성 리포터가 이들에게 다가갔다.

─국적 취득 심사를 신청하는 이유가 뭡니까?

갈색 피부의 청년이 웅얼거리는 톤이지만 또렷한 한국어로 말했다.

─부모님은 꿈을 좇아, 희망을 찾아 대한민국에 왔습니다.

제겐 꿈을 주지 못했지만… 어제 꿈이 생겨 버렸어요. 이젠 더 이상 제가 한국인임을 부인할 수 없었어요.

옆에 선 또 다른 청년이 말했다. 전형적인 매부리코에 눈이 부리부리한 아랍계 외모의 소유자였다.

―게토 밖 대한민국은 싫어요. 현금을 들고 다녀야 하는 우리를 차별해요. 하지만 전 어제 밤새도록 한국을 외쳤습니다. 저 역시 한국인일 수밖에 없더군요.

―예―!!

청년의 주위에서 호응의 환호가 터져 나왔다.

이들은 더 이상 게토인의 처우 개선을 외치던 분노에 찬 청년들이 아니었다.

리포터는 이들의 대답에 머쓱한 빛을 띨 수밖에 없었다.

대한민국을 칭송하는 답을 원했지만 이들에겐 여전히 대한민국은 없었다. 대한민국에 대한 애국심은 없었다.

그저 자신들이 한국인임을 이야기할 뿐이었다.

이곳에서 태어났기에 꿈과 희망을 잃은 이 대한민국에서 드디어 한국인임을 깨달았다 한다, 자신이 한국인이라고.

지금이 행렬을 무엇을 말하고자 함인가.

대한민국 국민이 되고자 함이 아니라 한국인이 되고자 함이다.

더 이상 이 땅이 만든 이방인 게토인이 아님을 당당히 소리 높여 외쳤다.

한국! 한국!! 한국!!

이들의 눈은 자부심으로, 그리고 자신들에 대한 믿음으로 가득 차 있었다.

리포터는 인터뷰를 중단할 수밖에 없었고, 그저 게토의 축제 분위기를 담담히 담을 뿐이었다. 있는 그대로 게토의 분위기를 대한민국에 전했다.

대한민국은 대한민국이 패배하기를 원했고, 그 기획된 패배를 진정한 한국인이 뭉쳐 패배시켰다.

이들은 축제를 즐길 권리가 있다.

패배를 패배시킨 자!

이들이 바로 한국인이었다.

한국인이기에 지금 한국인이 되고자 함이다.

저 멀리 '한국'을 연호하는 합창이 길고 크게 거리에 울려 퍼졌다.

한낮의 뜨거운 행진이 시작되었다.

대한민국과의 보이지 않는 경계, 게토를 벗어나려 했다.

많은 시민들이 환호하며 게토인들의 거리 행진을 응원하며 참여했다.

그리고 짧고 크게 한국을 외쳐 댔다.

대한민국이 아니었다.

그렇게 배타적인 대한민국과 게토를 구분하는 보이지 않는 장벽이 허물어지고 있었다.

이 견고한 장벽이 무너진 자리엔 누구에게나 열려 있는 '한국'이 자리 잡으리라.

기회의 땅, 희망의 땅, 꿈이 있는 땅…….

열린 나라, 하나 된 나라, 누구나 하나 될 수 있는 나라…….

그것이 한국이었다.


지치지 않는 열기로 가득한 공기가 대한민국을 덮었다.


\*　　　　　\*　　　　　\*


에어컨 바람이 아무리 차가워도 공기가 뜨거울 수밖에 없는 곳이 있다.

모처로 옮긴 형제 작업장이었다.

"…에구구, 힘들어. 눈이 빠질 것 같아."

"후와, 이렇게 몰릴 줄이야."

"재료템(재료 아이템)을 보내온 유저들이 팔만을 넘었어요."

수많은 유저들이 가칭 국가 대항전 비상 대책 위원회로 아이템들을 무더기로 보내왔다.

응원의 뜨거운 메시지와 함께.

데빌캣:E&T를 접으며 창고에 보관 중인 잡템들입니다. 삼 년간 했는데… 아무튼 창고째로 넘깁니다. 마음껏 처분하세 요. 대항전 전비로 써주십시오. 한국 파이팅!!!

"휘유, 이런 희귀 재료들을 잡템이라니……."

블랙 사바스:골렘 부품난에 허덕이고 있다고 들었습니다. 저는 던전에서 출토된 골렘 부품을 보유 중입니다. 마도시대 순정 고출력 마나 펌프로, 골렘 오너가 아닌 제겐 필요가 없 어 넘깁니다. 알아서 처분해 주세요. 이겨주십시오!!

"뜨억, 이런 초레어 아이템을……."
단일 부속품으로 3백만을 호가하는 아이템이다.

곡우:신품 외장갑 2세트입니다. 운용 중인 골렘의 예비 파 츠로, 전 착용 중인 파츠만으로도 견딜 만합니다. 한 세트를 따로 만들고 있으니, 필요한 골렘 오너께 분배해 주세요. 우 리 꼭, 결승 가자고요!

"휴우, 그래요. 우승합시다."
같은 참전 유저인 경우엔 부담이 덜하다.

작살:골렘용 대검과 메이스입니다. 전 도끼가 손에 익은 상태라 창고에 처박혀 먼지만 쌓여 있네요. 예비 무구로 필요한 분에게 전달해 주세요. 아참, 피자 잘 먹었습니다. 무리하신 듯… ㅋㅋ

"님도 피자 값을 과하게 지불하시는 건 아닌지……."

또떠블:주캐(주 캐릭터)가 골렘 메이지입니다. 자원 봉사하겠습니다. 저녁 9시부터 새벽 4시까지 수리할 수 있습니다. 조립 경험 말밥이고, 나이트 급으로 16대까지 만들어보았습니다. 최종 세팅까지 자신 있습니다.

"우워— 또떠블님이……."
또떠블, 한국 유저라면 한 번쯤은 들어본 이름이리라.
한국 E&T가 배출한 골렘 마에스트로는 총 18명으로, 이들 중 어느 누구도 기존 국가 대항전 위원회에 참여하지 않았다.
이런 기류를 주도한 인물이 또떠블이라는 헤비 유저였다. 골렘 메이지와 마에스트로 유저 커뮤니티에서 그의 영향력은 대단했다.
장삿속이 빤한 이벤트에 들러리를 설 생각 없다는 것이 그의 생각이었고, 동감한 많은 개인 유저들이 국가 대항전을 외면했다.

그런 그가 생각을 바꿔 비상 대책 위원회에 자원봉사하려는 것이다.

　어느 것 하나 허투루 볼 아이템들이 없고, 냉담하던 하이엔드 능력자들까지 자원봉사로 참여가 이어지고 있다.

　부담 백배, 아니, 감동 만 배였다.

　큰곰이 흥분된 비명을 질렀다.

　"딜러리다!"


　딜러리:정식으로 국가 대항전에 참가하려 합니다. 보유한 강철거인은 던전 출토 나이트 골렘입니다. 전투 정비까지 마쳤습니다. 최전선에 배치해 주시면 가문의 영광으로 생각하겠습니다. 명령과 지시를 충실히 이행할 것을 서면으로 선서합니다.


　그는 한국이 최초로 배출한 랭커로, 현재 랭킹은 많이 떨어졌지만 그를 기억하고 지지하는 유저들이 아직도 상당했다. 그와 큰곰이는 한때 필드에서 마찰을 빚은 적이 있었다.

　그런 딜러리를 시작으로 수많은 은거 유저들이 국대위로 참전 신청서를 보내왔다.

　"…이럴려고 한 게 아닌데, 거참."

　지오는 난감했다.

　거대 작업장을 중심으로 한 국가 대항전 위원회는 이미 유명무실하게 전략한 상태로, 한국 유저들의 끝없고 순수한 힘을 끌어내는 데 실패했다.

대한민국의 패배를 위해 기획된 조직의 지시를 이제 누가 들을 것이랴.

그래서 만들어진 것이 비상 대책 위원회였다.

원래 비대위가 만들어진 것은 국가 대항전에 참전 중인 골렘 오너들 간의 커뮤니케이션이 목적이었다.

군단을 재조직하고 마법 병단 지원을 꾸려야 하기에 조직은 필요했다. 그럼에도 어느 누구에게도 지원을 호소하지 않았다.

비상 대책 위원회는 모든 것이 투명하게 노출된 조직인데다 참전 유저 전원이 위원이기에 누구나 비대위의 활동을 열람할 수 있다.

한데 어떻게 비상 대책 위원회의 존재가 알려졌는지, 수많은 유저들의 성원이 몰려들고 있는 것이다.

성원을 보탠 유저들은 이에 그치지 않고 비대위의 존재를 널리 홍보했다.

'다시 찾은 우리 축제! 비상 대책 위원회에 가서 응원의 메시지를 남깁시다. 주소는 여기!'

'우리가 만드는 축제! 비대위에 아이템을 기부합시다.'

'나의 축제, 너의 축제, 지금부터는 우리의 축제! 우리에겐 비대위가 있습니다.'

엄청난 성원과 관심이 몰려들더니, 이내 지금처럼 물품 성원으로 이어졌다.

이런 지원을 마다할 형편이 아닌 것이 비대위, 아니, 한국의 사정이었다.

작업장의 횡포로 대항전을 외면하던 개인 유저들이 이탈리아전을 계기로 참전했다. 한 개인의 참전은 미미할지 모르지만 이들이 모이니 그 힘과 에너지가 거대 작업장을 능가할 정도로 어마어마했다.

지금까지 거대 작업장은 이를 이용하려고만 했기에 순수 유저들의 올곧은 힘을 끌어낼 수 없었다.

지금은 달랐다.

하나가 될 수 있는 구심점이 생긴 것이다.

하여 개인 유저들이 마음 놓고 참전할 수 있게 되었다.

그리고 이제부터가 문제였다.

개인 유저들의 한계는 명확하다, 바로 개인이기에.

이는 단순히 개인 유저의 능력 문제가 아니었다.

조직의 도움 없이 골렘 오너가 되었기에 골렘을 운용할 수 있는 개인 유저들의 능력이 작업장 출신 골렘 오너에 비해 월등할 수밖에 없다.

그 열정이, 그 몰입도가 근본적으로 다르다.

누구나 인정한다.

하나 이 이벤트는 전쟁이다. 조직의 겨룸이며 집단의 격돌이다.

결론적으로 전쟁은 소모전이다.

자원의 문제인 것이다.

그렇기에 고질적으로 자원 분배의 문제를 동반한다.

아무리 가상 세계라 해도 이 분배 문제에서 자유로울 수는 없다.

그렇다. 한 개인으로선 전쟁을 수행할 자원이 턱없이 부족할 수밖에 없음이라.

한두 차례 전투를 수행할 수 있을지는 몰라도 그 이상의 전투를 수행하려면 개인 유저들에겐 큰 부담일 수밖에 없다.

골렘이 얼마짜리 복합 아이템이던가.

어지간한 중형차 가격과 맞먹는 게 현실이고, 그 가치는 국가 대항전이 시작되고부터 가파르게 오르고 있다. 핵심 파츠의 가격도 덩달아 상승했다.

자연 참전 유저로선 엄청난 부담이 될 수밖에 없다.

지오가 개인 참전 유저들의 자원 소모를 전부 책임질 순 없었다. 그런 차에 한국 유저들의 자발적인 참여는 큰 힘이 될 수밖에 없다.

지오는 올라오는 성원글을 보며 말했다.

"아이템을 분배하기 전에 먼저 공지부터 올려야겠어요. 기탁된 아이템과 개인 참전 유저들을 제일 우선해 공급하며 자원봉사 수리 우선순위도 개인 유저 중심으로 배정된다고요."

큰곰이 눈이 따가운지 눈을 비비며 끄덕였다.

"좋아. 그 점을 명확히 해야겠지. 축제를 이 한 번으로 끝낼 순 없는 거니까."

작은곰이 기지개를 켜며 말을 받았다.

"맞아, 축제를 이 한 번으로 끝낼 순 없어."

"우리만 좋은 꿈 꿀 순 없죠."

지오의 말에 두 형제는 고개를 끄덕였다.

비대위에 모여드는 성원, 이는 무엇인가?

국가 대항전은 커다란 '꿈 판'이 되어버렸다.

누구나 참여할 수 있다는 점, 참여하는 순간 모두가 국가 대표가 될 수 있다. 누구나 영웅이 될 수 있다는 것.

꿈, 희망, 미래… 대한민국이 오래전에 잃어버린 것들이 이로 인해 살아났다.

꿈을 꾸고 희망을 품으면 미래는 항상 열려 있음을 지오는 깨달았다.

이 느낌과 감동이 계속해서 누군가에게 이어지길 바랐다.

지금 그들의 꿈과 희망이 모여들고 있다.

자신만 꿈을 꾸고 있진 않았다. 희망을 품고 더 나은 미래를 기다리고 있는 수많은 사람들이 있음을 말함이다.

지오는 쉴 새 없이 올라오는 성원 글을 지켜보며 그 어느 때보다도 가슴이 뜨겁게 뛰고 있음을 느꼈다.

괜히 큰곰이 눈을 비비는 게 아니다.

'할 수 있다, 혼자가 아니다.'

작은 염원이 모여 어떤 기적이 만들어질 것 같았다.

지오는 누구 한 개인의 성공이 꿈과 희망이 되는 것은 바라지 않는다.

우리가 꿈이 되고, 서로의 성공이 희망이 되기를 바랄 뿐이다.

대한민국엔 미래가 없다.

과거에도, 지금도 변함없는 사실이다.

그러나 한국엔 미래가 있다.

지금 그것을 보고 있다.

순수한 열정, 바람 없는 성원이 모여들고 있다.

한 개인이 아닌 한국의 유저들에게.

꿈을 꾸고 있는 사람들과 희망을 품고 있는 사람들이 있는 곳, 그곳이 한국이었다.


한국의 국가 대항전 참전 골렘 수가 2,000기를 넘어서고 있었다.

機甲戰記
Massacre
기갑전기 매서커

　장중한 E&T 게임의 메인 테마가 흐르는 아담한 스튜디오 안. 생방송으로 좌담회가 송출되고 있다.

　긴장된 표정의 담비를 중심으로, 패널로 추정되는 두 명의 남성이 양옆에 앉아 있었다.

　뜨거워진 E&T 국가 대항전 8강을 앞두고 각종 주요 매체에서 '묻지 마 전문가' 들이 등장해 대중을 상대로 아부에 가까운 가십거리를 쏟아냈지만 철저히 외면당했다.

　대중의 눈은 개인 방송사로 향했다.

　그 와중에 재벌녀의 고백으로 일약 주목받는 가상 게임 방송사가 있었다.

무려 1백만 개에 달하는 유무선 단말기가 담비가 진행하는 개인 방송을 메인 뉴스창으로 등록하였다. 퍼 나르기를 감안한다면 그 파급력은 이미 공중파의 위력에 버금가고 있었다.

담비의 간단한 인사와 패널에 대한 간단한 소개가 있었다.

"러시아전을 앞두고 두 분의 전문가를 모시고 의견을 나누는 시간을 마련했습니다."

소개된 초대 패널은 가상 게임 경력 15년이라는 두꺼비 체형의 헤비 유저와 Part 1이 배출한 누구나 얼굴을 아는 스타플레이어 유저였다.

그림상으론 상극인 두 인물이었다.

담비는 두꺼비 체형의 인물을 보며 먼저 질문했다.

"한국의 다음 상대인 러시아의 전력은 어느 정도죠?"

이력만으론 자신의 인지도가 미남자에 비해 낮다고 생각해서인지 두꺼비 체형의 인물이 눈을 크게 느리게 껌뻑이며 입을 열었다.

"먼저 E&T 캐릭명으로 다시 한 번 인사드리겠습니다. 게임 아이디 두꺼비입니다."

순간 맞은편의 미남자가 '아!' 하는 작은 탄성과 함께 고개를 끄덕였다.

게임 아이디 두꺼비라는 유저. 맞은편에 앉은 패널처럼 세계 랭커는 아니었다. 하나 한국 유저 상당수가 그가 올리는 공략기와 기행기의 열람으로 하루를 시작한다 해도 과언이 아닌 저명한 인사였다.

당연히 대항전 기간 내내 주요 공중파 방송에서 그를 섭외하려 노력을 기울였다고 알려진 그는 담비의 개인 방송사의 패널 자리를 택했다.

그의 소개가 있자마자 접속자 수가 오르고 있다는 방송 관계자의 수신호가 담비에게 전해졌고 담비는 담담한 미소로 받아들였다.

"원하신다면 캐릭명으로 진행하겠습니다."

"예, 바라는 바입니다."

"그럼 한국의 8강전 상대는 북극곰 러시아입니다. 두말할 나위 없는, 유저 수만 1천만에 달하는 강자죠."

담비의 상기에 나른한 얼굴의 두꺼비가 당연하다는 투로 말을 이었다.

"그 북극곰이 지금 추위에 떨고 있습니다. 러시아의 실제 등록된 강철거인 전력은 5천 대에 달하지만 동원 가능한 전력은 40%로 잡아야 합니다. 최대 2천 4백 대가 참전 가능하다는 계산인데, 2천 대를 참전 등록한 한국을 상대론 아주 부족한 전력이 되겠습니다."

한국이 수적으로 약간 열세지만 질적으로는 우위에 있다는 뉘앙스가 담겨 있었다.

랭커 출신 패널이 공감한다는 투로 참견했다.

"북극곰은 호랑이를 상대로 어떻게 대응해야 할지 전전긍

긍하고 있습니다. 게다가 랭커들이 절대적으로 부족한 러시
아죠."

담비가 두꺼비에게 다시 질문했다.

"5천 대에 달하는 강철거인 전력을 40%밖에 동원하지 못
한다고 하셨는데, 근거가……?"

"이런, 제가 너무 앞서 나갔군요. 세계 유저들이라면 누구
나 다 아는 이야기지만 시청자들을 상대로 설명이 부족했습
니다. 사과드립니다. 그러니까……."

이후 그의 입을 통해 러시아의 가상 사회가 적나라하게 까
발려졌다.

러시아의 가상 사회는 '검은 가죽 재킷의 사나이들'로 통
하는 러시아 마피아에 의해 주도되고 있다는 이야기였다.

운영 주체인 러시아 E&T부터가 마피아 자본이 깊이 개입
되어 있고, 대형 작업장이 없는 대신 마피아에 의해 관리되는
거대 길드가 러시아의 근본적인 딜레마라는 것이었다.

러시아에서 길드원이 된다 함은, 마피아 조직원이 된다 함
이다.

그렇게 러시아의 가상 사회는 마피아에 의해 장악된 상태
였다.

마피아답게 길드 간의 항쟁이 치열했고, 이를 길드 리그로
만들어 거대한 판돈이 오가는 도박 산업으로 발전한 상태.

지금 진행 중인 국가 대항전 후원자 자리에 러시아의 유수

한 기업들이 대거 포진해 있는 것도 그만큼 시사하는 바가 있다 하겠다.

러시아 마피아는 기업의 뒤에 숨어 양으로는 각종 스포츠 리그를 후원해 비용을 털고, 음으로는 판돈이 오가는 도박 산업으로 돈을 챙기고 있었다.

"…러시아에서의 버츄얼 배틀은 거대 도박 산업과 연관되어 오가는 판돈만으로도 어지간한 나라의 국방 예산과 맞먹습니다. 노골적으로 거액이 오가니 가상 플레이를 위해 뇌를 녹이는 마약도 서슴없이 투여합니다. 이 마약을 길드에서 공급해 조직을 유지하는 수단으로 이용하고 있는 게 현실입니다."

"……."

마치 러시아는 마피아라는 등식이 연상되는 그림이잖은가.

"…그래도 가상 게임을 여가로 즐기는 선량한 유저들이 있을 텐데요?"

"네, 많은 러시아 유저들이 E&T를 선량하게 즐기고 있습니다. 하지만 그들로서는 목소리를 낼 수 없는 안타까운 처지에 놓여 있는 게 현실입니다. 개인 유저들의 불참, 근본적인 배경은 다르지만 한국의 사정과 흡사합니다. 하지만 지금 한국은 수많은 순수 유저들이 자발적으로 참전을 희망하고 있습니다."

담비가 환하게 웃었다.

한국 유저들의 대거 참여는 자신의 방송이 결정적인 계기를 제공했기에.

두꺼비의 말이 계속 이어졌다.

"반면 러시아 유저들의 러시아 길드에 대한 불신은 극에 달한 상태입니다. 운영사가 유저의 개인 정보를 유출시켜 본보기 테러를 심심찮게 자행한 결과죠. 때문에 가상 공간에서 어느 길드 소속이라 하면 유저들이 알아서 필드와 던전을 양보할 수밖에 없었죠."

"어머!"

러시아의 개인 유저들로선 국가 대항전이 세계적인 이벤트임에도 추위를 타고 방관하는 이유이리라.

'국가 대항전을 시작할 당시 한국의 형편을 생각해 보라.'

두꺼비는 악명 높은 러시아 길드들을 참고로 언급했다.

"이건 그들이 길드원을 모집하기 위해 자체 제작한 홍보 영상입니다."

말과 함께 이미 준비된 듯한 그림이 송출되었다.

짧은 머리의 청년들이 군사기지에 열을 맞추어 입소하는 모습이 흘러나왔다.

긴장감이 결여된 한국에도 있는 병영 체험 캠프 같은 분위기다.

교관들의 고압적인 고함 소리가 울리는 가운데 러시아제

슈팅 아머 수십 기가 등장하며 분위기는 이내 살벌하게 변했다.

러시아의 양산형 슈팅 아머, T-134였다.

가난한 자들의 슈팅 아머라 알려진 러시아가 자랑하는 3대 수출상품 중 하나로, 청년들은 곧 슈팅 아머에 탑승했다.

진회색 기계 도색에 둥글둥글한 곡면 장갑이 특징인 T-134들이 고속으로 들판을 거로질러 언덕을 향해 달렸다.

기동 중인 T-134의 손에 들려진 중기관포가 가상의 표적을 향해 새파란 불을 뿜었다. 표적으로 준비된 구시대의 유물인 전차가 순식간에 벌집으로 화했다.

48밀리 철갑탄이 드럼 단위로 소모되는 것이, 전형적인 군사훈련 모습이었다.

언덕에 집결한 슈팅 아머들이 삼색 러시아 국기 배경의 쌍머리 독수리기가 그려진 길드기를 흔들어댔다.

이어진 그림은 훈련을 마친 스킨헤드 청년들이 손을 하늘 향해 뻗는 파시스트 경례로 끝이 났다.

자막에 '러시아의 자존심' 길드 33회 단합 대회라 표시되었고, 길드에 가입하는 것이 러시아를 위기에서 구하는 길이라는 선전 문구로 이어졌다.

애국이 건달들의 도피처임을 확실하게 증명해 주었다.

이처럼 러시아의 실업 청년들에겐 백인 우월주의를 표방하는 스킨헤드에 가담하는 것은 그리 어려운 선택이 아니었고, 자신도 모르는 사이에 마피아의 조직원이 되는 식으로 이어졌다.

러시아의 마피아로 인한 사회문제는 누구나 알고 있지만 그 정도가 심각한 수준이었다.

그런 러시아가 한국의 다음 상대인 것이다.

그래서 안심이다.

유능하고 선량한 러시아 일반 유저들을 끌어들일 수 없으니 질적으로나 양적으로나 한계가 명확하기에.

"E&T의 강철거인 운용 시스템은 슈팅 아머 시뮬레이터에 기반을 두고 있습니다. 이런 류의 군사 체험이 강철거인을 운용하는 데 많은 도움이 됩니다. 백문이 불여일견이죠."

"어머……."

실제 이런 군사 체험을 거친 유저들이 강철거인에 탑승 시 동화율 상승으로 이어진다는 통계도 나와 있다.

"보시다시피 쉬운 상대도 아니지만, 그렇다고 어려운 상대도 아닙니다."

그렇게 두꺼비 패널이 말을 마무리했다.

그러자 설명을 조용히 듣고 있던 미남자가 기다렸다는 듯이 자신만만한 웃음을 흘리며 말했다.

"저들이 군사 체험으로 단련했더라도 저는 한국의 승리를 낙관합니다. 제가 랭커라서 하는 말이 아닙니다. 사실 러시아 유저들 가운데 랭커는 단 한 명도 없으니까요."

두꺼비 패널이 크고 느리게 눈을 껌벅이며 동의를 했다.

"국가 대항전에서만큼 랭커 한 명, 한 명의 존재가 큰 전력으로 부상된 적이 없습니다. 그런데 러시아는 랭킹 백 위 안에 단 한 명의 랭커도 배출하지 못했습니다."

이 말이 끝나기가 무섭게 두꺼비가 비아냥거리는 투로 참견했다.

"인정합니다. 한국엔 매서커란 걸출한 유저가 있습니다. 한데 그가 랭커였던가요?"

"…음."

랭커인 미남자의 자신만만한 얼굴이 보기 좋게 구겨졌다.

그는 Part 1 최초의 108레벨을 달성한 지존 출신 유저로, 최근 3년간 게임 방송 최우선 섭외자 중 한 명이었다. 그는 방송에서 Part 2 이행을 호언장담했지만 좋은 결과는 보여주지 못했다. 하나 그가 Part 2에 들어서도 여전히 한국을 대표하는 랭커임에는 틀림없었다.

현재 그는 세계 5위의 랭커로, 수많은 스폰서를 거느린 걸어다니는 일인 기업이기도 했다.

이 자리 역시 스폰서 기업들의 요구에 패널로 참여한 것이기도 했다.

여하튼 랭커인 미남자는 누구나 아는 인기인, 두꺼비는 전형적인 까칠한 야인이었다.

둘 사이에 묘한 기류가 흐르며 두꺼비 패널이 시큰둥한 어투로 말을 이었다.

"한국엔 50위 내의 공식 랭커만 여섯 명이 있지만 지금까지 치러진 국가 대항전엔 단 한 명도 참전하지 않았습니다. 사정이 이러니 러시아나 한국이 랭커에 의존하지 않는 것은 마찬가지 아닐까요?"

"하지만 매서커는……."

"매서커가 비록 랭커들이 넘보지 못할 업적을 일궈냈지만 엄연히 말해 그는 랭커가 아닙니다."

"……."

사실이었다.

매서커의 등장 때부터 랭커의 또 다른 분신이 참전한 것이 아닌가 하는 추측이 난무했지만, 사실상 한국의 랭커들은 국가 대항전을 암묵적으로 보이콧한 상태였다.

랭커들은 일인 기업답게 참전비를 놓고 기존 집행부와 실랑이 중이었다. 무엇보다 그들은 근본적으로 스폰서를 끼고 있기에 자유롭지 못했다.

랭커, 순수하거나 그렇지 않거나 둘 중 하나다.

"제가 랭커가 가진 전략적인 측면을 부정하는 건 아닙니다. 하나 한국의 강점은 랭커들의 참전 여부가 아니라 숨은 고수들이 즐비하다는 게 아닐까 합니다. 바로 매서커 같은 유저 말입니다."

"……."

두꺼비는 이 점을 말하고 싶었으리라.

할 말이 없어지는 지존 랭커였다. 하나 이게 다가 아니었
다.

"아, 또 있군요. 뮤턴트 길드의 다니엘 강도 있군요. 그 스
스로 유명인이면서 길드원들을 독려해 사심없이 참전한 그림
은 정말 대단했습니다."

"음……."

작은 신음이 랭커의 입에서 새어 나왔다.

"매서커라는 야인이 나서 또 다른 야인을 불러냈습니다."

"……."

랭커들이 이때까지는 조용하다가 국민적인 붐이 일자 은
근슬쩍 묻어가려는 것을 못마땅해함이 역력했다.

"한국에서 상위 10% 유저라면 세계 3% 내에 들 정도로 한
국 유저들의 실력은 출중합니다. 이는 어떤 가상 게임이든 마
찬가지입니다."

"…맞습니다."

"그간 구심점이 시원찮았는데 이제 그런 문제도 해결되었
으니 러시아를 상대로 우리 한국이 크게 선전할 게 확실합니
다. 한마디로 한국 유저들을 위한 한판 축제가 될 것입니다."

이어 두꺼비는 비대위에 대해 높은 평가를 내놓았다.

담비가 말이 길어진 두꺼비 패널의 말을 끊으며 랭커에게
질문했다.

"러시아전을 앞두고 한국 랭커들의 참전 여부가 궁금하군요."

그러자 기다렸다는 듯이 자신만만한 웃음을 날리는 랭커였다.

"하하, 한국 랭커들이 대거 참전하기로 결의했습니다. 저 역시 이번 러시아전에 참전해 한국 랭커의 실력을 세계인들에게 알리도록 하겠습니다."

"반가운 소식이군요. 한데 많은 시청자 분들이 궁금해하는 게 있어요."

"예, 뭐든지."

"랭커로서 보기에 매서커로 알려진 유저의 실력이 어느 정도인지에 대해서 말입니다."

"……."

랭커는 머뭇거리다가 쓴웃음을 지으며 답했다.

"…인정할 건 인정해야죠. 그는 랭커를 넘어선 실력자입니다. 우스개로 저 같은 랭커들을 현실과 가상의 경계가 없다는 뜻으로 '반야'에 들었다고 말들 하는데… 이 단어는 그를 지칭하는 데 타당한 표현이지 싶어요. 그가 지금까지 보여준 그림은… 마이티! 그 자체입니다."

순수함이 가득 담긴 극찬이었다.

두꺼비도 고개를 크게 끄덕이며 동감을 표했다. 미남자를 향한 까칠한 시선도 조금은 누그러들었다.

"제 추측이지만……."

두꺼비 패널이 머뭇거리자 담비의 눈이 반짝였다.

두꺼비는 매서커란 유저에 대해 뭔가 정체를 파악하고 있다는 느낌이 들어서다.

"괜찮아요. 추측을 말씀해 주셔도 좋습니다. 너무 베일에 가려진 유저라 무수한 억측이 난무하잖아요. 세상에… 이젠 한국에만 매서커 아이디를 가진 유저가 3백 명이 달하더군요. 전 세계적으론 4천 명이 넘구요."

"그가 밝힌 매서커는 확실히 본 아이디가 아닐 겁니다. 이해관계가 얽히고설킨 가상 사회에서는 누구나 아이디를 여럿 돌리는 게 관례죠. 매서커라는 캐릭명은 그의 히든 클래스와 관련있지 싶어요."

"호오."

담비도 짐작하는 이야기였다. 담비는 매력적인 눈으로 두꺼비를 지그시 노려보았다. 그러자 두꺼비 패널이 자신없다는 투로 입을 열었다.

"그는… 아무래도 군사 관련 종사자 출신 같아요. 그것도 오랜 실전을 경험한……."

"어머? 매서커가 군사 관련 종사자라?! 그 추측의 근거는?"

"조금 전 러시아 유저들의 슈팅 아머로 훈련하는 모습을 보여드렸습니다. 이 정지 장면을 한 번 더 보시죠."

"…예."

"여기 슈팅 아머가 대기하는 장면을 보시면 약간 어깨를 틀어 노출 면적을 줄이는 식으로 다들 서 있죠."

"그러네요."

"피탄 면적을 줄이려는 슈팅 아머만의 경계 자세죠. 여기 이 그림을 보시면 매서커의 대기 중 자세도 이와 같습니다."

이어 경기 전 매서커의 강철거인 정지 자세 네 장이 보여졌다.

머리는 정면을 바라보고 있지만 상체의 틀어진 각도는 자로 잰 듯 같았다.

"네 경기마다 똑같죠. 이는 몸에 배인 습관이 있어야 가능한 자세입니다. 그렇기에 가상임에도 평소의 습관이 그대로 나타난 것이 아닌가 추측하는 이유입니다. 제가 러시아의 슈팅 아머 장면을 참고 자료로 가지고 나온 이유이기도 하고요."

"……."

담비의 눈이 둥글게 커졌다.

이 추측이 사실이든 아니든 이렇게라도 매서커라는 유저를 흔들 필요는 있었다. 오죽하면 매서커는 외계인이라는 이야기가 돌까.

"한 번 더 말씀드리지만, E&T 강철거인 시스템은 슈팅 아머의 군사 시뮬레이션 시스템을 기반으로 한 것이라 기본 운용 원리가 대동소이합니다. 그는 다년간 실전을 경험했기에 다른 어떤 유저보다 빠르게 강철거인에 적응할 수 있었을 것이고, 지금처럼 그 능력을 끌어낸 게 아닌가 합니다."

"한데 그가 이렇게 갑자기 등장한 이유는?"

"그것도 추측이 가능합니다. 그는 이미 우리가 익히 알고 있는 유저일 확률이 높습니다. 노출을 즐기는 유저가 있는 반면 철저히 자신을 숨기는 유저가 있고, 이들이 가상 사회엔 더 많습니다. 아무튼 그는 하늘에서 뚝 떨어진 존재가 아니라는 거죠."

"정말요?"

"저는 그 가운데 유력한 몇 명을 추려서 동작의 유사성을 확인 중에 있습니다."

"어머!"

매서커라는 유저가 누구고 어디 출신인지는 초미의 관심사가 아니던가.

"매서커에 대한 동작 분석과 동작 연구가 러시아전을 마친 후에나 나올 것 같습니다."

두꺼비의 어감엔 묘한 자신감이 흘렀다.

"기대가 커요. 한데 그 후보가 몇 명이나 되죠?"

"참전하지 않은 유력 유저 가운데 추려서 여섯 명으로 압축할 수 있었습니다. 이 가운데 분명 매서커가 있을 것입니다."

"와!"

담비는 환호성을 터뜨리고 앉은자리에서 방방 뛰며 이때까지 점잖 떨던 모습을 잊어버렸다. 매서커가 누구인지 밝혀지면 당장 쳐들어가 인터뷰를 딸 생각으로 흥분하고 있었다.

이를 지켜보는 랭커의 얼굴엔 씁쓸함이 역력했다.

단 한 번도 자신의 존재가 이렇게 가려져 보이기는 처음이었다. 그 존재가 이 자리에 자리하지도 않았음에도.

그 상대가 매서커이기에 쓰린 미소만 지을 뿐이었다.

방송은 러시아전 전망보다는 매서커의 정체를 밝히는 가십거리로 이어졌다.

…담비답게.


머쓱하게 방송을 지켜보는 지오의 뒤통수로 종이 뭉치가 날아와 툭 하고 부딪치며 떨어졌다.

"하이구! 출세했구나, 출세했어! 전 대한민국이 너를 찾아 잡아먹을 기세야."

걱정 반, 부러움 반인 큰곰이었다.

지오는 지금의 그림이 씁쓸할 따름이었다, 자신이 원해서 된 그림이 아니기에.

매서커가 외계인이든 골방 찐따든 그걸 밝히는 게 뭐 그리 중요한가?!

"거참, 공개적으로 탐정까지 붙어버렸네."

"상금을 왜 안 거는 거야?! 내가 제보할 텐데……."

"…형!!"

"왜?"

"부러우시죠?"

"그래, 부러워 배 아파 돌아가시겠다. 매서커를 스폰하겠다는 기업이 줄을 섰다, 섰어. 여기 보라고. 비대위로 온 광고대행사 이메일이 1분에 아홉 통이다, 아홉 통! 줄기차게 보내오고 있어."

"그럼……."

"그럼?"

"오늘부터 형이 매서커 하세요. 당첨!"

"허꺽!"

큰곰이가 헛딸꾹질을 연이어 해댔다.

자신이 매서커가 된다고 생각하는 순간, 달아나고 싶은 큰곰이었다.

산악 같은 무게가 매서커라는 이름을 누르고 있었다.

지오 자신도 마찬가지다. 비대위에 몰린 성원과 관심을 어떻게 보답한단 말인가.

농담이 과했나?! 큰곰이를 진정시킬 필요가 있었다.

"형, 우리 그냥 매서커가 골방에 불시착한 외계인이라고 제보해요."

큰곰이의 얼굴이 굳어지더니 골똘히 생각에 든 얼굴로 변했다.

"그래… 신빙성 있어. 맞아, 넌 외계인이었어―!!"
"걍… 죽으세요."
큰곰이가 외쳤다.
"지오는 외계인이다―!!!"

웃고 살자…….

War 02
침엽수림

機甲戰記
Massacre
기갑전기 매서커

러시아. 레닌그라드 고급 호텔의 소회의실.

회의 석상에 수많은 가죽 재킷의 사내들이 자리했지만 단 두 사람만의 설전이 있을 뿐이었다.

"이건 아닙니다, 동지!!"

"우린 아닌 길을 걸었소. 거기서 조금 더 벗어날 뿐이외다, 동지!!"

"그래도 이건 정도가……."

"이기면 돼. 아니, 무조건 이겨야 되오."

"하지만 천 명 단위의 유저가 20% 이상의 동화율 상승이면 바보라도 압니다. 사무국의 조사를 넘어 감사마저 받아야 될 겁니다. 이겨도 승리를 박탈당할 수 있습니다. E&T 운영권까지 몰수당할 수 있습니다."

"후후, 이긴 후에야 감사든 조사든 전부 개인 책임으로 몰면 되오. 우린 병사가 많소이다. 그리고 우리 말고 누가 있어 운영권을 행사할 수 있다고 생각하시오, 이 러시아에서?"

"……."

"뭘 주저하오? 그리고 약을 사용하는 건 우리가 처음이 아니오."

"예?!"

"한국의 메서커라는 유저 말이외다!"

"……?"

"보고도 모르겠소?! 이놈도 전형적인 하이어 유저(마약에 취한 플레이어)란 말이오!"

"말도 안 되는… 한국은 마약 청정국입니다."

"후후, 그러니까 이놈 한 명이 유독 튀는 거 아니겠소."

"억지입니다. 그의 플레이는 정당한 플레이입니다. E&T 사무국에서 그의 데이터를 넘겨받아 검토했습니다. 그는 깨끗합니다."

"박사… 아니, 동지?"

"예?"

"…깨끗한 유저란 없소. 내가 약에 취한 거라면 약에 취한 거요.”

“음······.”

“그러니 박사는 우리 병사들을 광전사로 만들 포션을 준비
해 주시오.”

“······.”

하나 박사라 불린 인물은 좀처럼 납득할 기미가 없어 보였
다.

결국 박사라는 인물이 작심한 듯 입을 열었다.

“동지, 재고를··· 이 포션은 지하 투기장 선수들을 위해 만
든 겁니다. 물에 타는 일반 포션과는 전혀 다른 물건입니다.
전문 의료인이 흉추에 투입해야 하는 겁니다. 유저들의 생명
과도 연결됩니다.”

“이거참, 내가 어떻게 해야 박사를 납득시킬 수 있을까?!
좋소!”

“······?”

“이 세계적인 이벤트를 성사하기까지 조직에서 투자한 돈
이 만만치 않소이다. 최소한··· 4강까지는 가야 이븐(Even)이
라오.”

“조직의 장사야 늘 밑지고 있죠.”

“박사, 동지가 상상하는 이상의 자금이 전 세계에 흩어져
잠겨 있소. 전부 박사가 개발한 물에 타는 포.션.으로 번 돈이
오이다.”

"끙."

"그렇소. 이 이벤트의 목적은 러시아의 승리가 아니외다. 전 세계에 흩어진 검은 돈이 돌고 돌아 깨끗한 돈으로 돌아오려면… 무조건 4강까지 가야 하는 거요."

"……."

"프랑스에 있는 박사 소유의 성과 포도 농원, 영국인 집사, 중국인 주방장, 스위스 국제학교에 다니는 박사의 자식들이 바로 이 돈을 기다리고 있소이다."

"흐음……."

러시아의 목적은 자금 세탁이었다.

"우리가 멍청한 한국처럼 유태인들의 돈놀이에 돈을 태울 리 없잖소이까?!"

"…알겠습니다, 포션 준비하겠습니다."

"강한 걸로!"

"…강한 걸로."

지금까지 딴청을 부리던 검은 재킷의 사내들이 그제야 옅은 미소를 지었다.

자신들도 알고 있다, 한국을 이길 수 없다는 걸.

그래서 이런 무리수를 강요하는 것이었다.

최소 1천 명의 유저가 포션(흥추 투여 마약)을 투약한 상태에서 강철거인에 탑승한다. 포션의 효용은 개인차가 있겠지만 최소 10% 이상의 동화율 상승을 가져다줄 것을 고려하면

현저하게 눈에 띄는 실력 차를 메울 수 있으리라.

하나 무거운 분위기는 여전했다.

유저 간의 실력 차를 비등하게 맞추었다 쳐도, 그뿐이다.

박사라 불린 인물을 설득한 검은 재킷의 사내를 향해 사내 중 한 명이 질문했다.

"전력이 조금 비등해진 것 같긴 한데… 그래도 부족하다고 느끼는 건 저만의 생각인가요?"

"인정하오, 동지. 한국의 분위기가 지금 미쳐 돌아가고 있으니."

"그래서 불안합니다. 이 이벤트에 너무 많은 돈을 담근 것 같습니다."

"인정하오, 하나 돈을 담근 건 우리만이 아닙니다."

"……?"

"이 자리에 참석하지 않은 동지들이 핵심 전력을 보강할 대안을 준비해 주었소이다."

검은 재킷의 사내들의 이마에 ?가 떴다.

박사의 마약 말고 또 어떤 추가 대안이 있단 말인가.

"후후, 내무부 특수 부대와 스페츠나츠들이 우리와 함께할 것입니다. 그들도 우리와 같은 애국자 아닙니까?! 이미 반년 전부터 E&T 적응 훈련을 시켰습니다. 이들이 한국의 M군단을 상대할 것입니다."

오―!!

러시아의 부패한 관료와 군부가 검은 재킷 사내들의 동지였다. 그들의 검은 돈도 이벤트에 잠겨 있음이고.

"내무부 특수 부대 138명, 스페츠나츠에서 89명에게 보름 간의 휴가가 주어졌습니다. 우리는 별도의 휴가비만 준비하면 됩니다."

그제야 가느다란 미소가 검은 재킷의 사내들의 입가에 걸렸다.

약물의 힘으로 전력의 전반적인 힘을 끌어 올렸다.

그리고 조직력이 필요한 대상을 집중 전담할 실행 부대까지 합류했다.

그럼에도 모두 크게 웃을 수 없다.

아직 안도하기 일렀다.

아니, 안도할 수 없었다.

미국, 독일, 이탈리아가 넘지 못한 단 하나의 대상…….

매서커… 랭커를 넘어선 괴물!

괴물을 상대할 괴물이 없기에…….

아니나 다를까, 회의를 주도하는 인물이 입을 열었다.

"자, 그럼 이제 한국의 괴물을 상대할 괴물만 있으면 되는 건가요?"

"……?"

매서커를 상대할 대안이 어디에 있단 말인가?!

"러시아에는 랭커를 넘어선 괴물이 없다고들 하는데… 정갈 일까요?"

"……."

"동지들의 길드엔 괴물 한둘은 거느리고 있습니다."

"동지, 투기장의 짐승들을 말하는 겁니까?!"

재킷 사내들이 동시에 외치듯이 말했다.

"그렇습니다. 지금이 바로 그들을 투입할 때입니다."

"……."

다들 고개를 돌리고 외면했다.

지하 투기장의 짐승들은 재킷 사내들이 노출할 수 없는 자산이었다.

절대 국가 대항전 같은 양지로 나와선 안 되는 존재들이었다.

짐승들… 그들은 일반 잡범이 아니다. 지명 수배 중인 살인자는 기본이었다.

사형이 집행된 것으로 알려진 연쇄 살인범에 군 형무소에 수감 중이라고 알려진 양민 학살을 자행한 전범까지……

단연코 양지에 설 수 없는 존재.

하나 그들의 실력은 분명 랭커들을 능가했다.

사람을 죽여본 손맛을 알고 있는 자들이 바로 그들이었다.

사실 러시아에도 랭커는 있었다. 그리고 그들은 랭커가 되자마자 지하 투기장에 초대되어 사라져 버렸다.

바로 이 짐승들에게.

그렇기에 그들은 마피아 카르텔의 세력 구도를 조정하는 중요한 자산이었다.

"수십 기를 단숨에 베어버리는 한국의 괴물을 상대하려면 우리도 괴물이 필요합니다."

"……."

"동지들! 우리가 할 수 있는 모든 전력을 기울여야 합니다. 이탈리아가 랭커들을 아끼는 바람에 매서커를 날뛰게 만든 대가를 톡톡히 치렀습니다. 매서커를 묶어둘 전력이 우리에게 있는데 뭘 더 망설입니까? 난전에서 누가 누구의 칼에 죽든지 알 게 뭡니까?"

"……."

"좋습니다, 제가 먼저 솔선하지요. 제 길드에선 대령과 눈알을 투입하겠습니다."

"……!"

순식간에 장내 분위기가 싸해졌다.

이런 공개적인 자리에선 절대 언급되어선 안 될 이름들.

대령… 이 지하 투기장의 짐승은 실제론 스페츠나츠 출신으로, 러시아가 개입한 수많은 국지전을 전전한 유능한 군인이었다. 계급은 상사였지만 대령이라 불렸다.

하나 수천 명이 수용된 피난민 수용소를 단기의 슈팅 아머로 쓸어버린 탓에 국제사회에서 전범으로 지목되었다. 당연히 사형 판결을 받고 군 형무소에 수감 중이라고 알려져 있었다.

눈알… 도마뱀 뇌를 가진 연쇄 살인범으로, 피해자 대부분이 산 채로 눈이 파였다. 이 행각으로 인해 '눈알'이라 알려졌다. 22명을 죽이고 33명이 두 눈을 잃었다. 그의 정체가 모스크바에서 유명한 안구 이식 전문의로 밝혀져 세상을 경악케 했다. 그는 적출한 안구를 이국적인 녹색 눈을 필요로 하는 중국인들에게 이식시켰다.

그의 사형 집행이 전 세계 언론이 지켜보는 가운데 집행되었다. 그런데 죽었다고 알려진 눈알이 버젓이 살아 있는 것이다.

그리고 그 둘을 공개적으로 거명했다 함은 더 이상 그들을 쓰지 않겠다는 말과 같았다.

"동지들… 음지의 떼돈보다 양지의 푼돈이 필요해서 시작한 일입니다."

"……."

사실이다.

장롱에 현금 다발이 쌓여 있으면 뭐 하나?! 생수 한 통도 당당하게 살 수 없는 게 그들이었다.

범죄 집단의 스포츠 이벤트 후원은 안전한 자금 세탁 수단이 되어왔다. 하나 이젠 더 이상 구매할 프로 축구단도 없었다. 그런 의미에서 E&T 국가 대항전은 최고의 스포츠 이벤트가 아닐 수 없다.

리그에 참여하기 위해 거액을 들여 프로구단을 살 필요도 없었다.

러시아 마피아 카르텔은 이제 막 판이 만들어지기 시작하는 이벤트에 종자돈을 넣었다.

이벤트 후원만 하면 전 세계에서 잘게 쪼개진 수익이 전 세계에서 들어온다, 4년마다.

몰수와 자금 추적을 걱정할 필요가 없는 돈이 코앞에 와 있다.

클린 머니!

"이번 기회에 없어졌다고 생각하는 짐승들이 진정으로 사라질 때가 된 것 같군요."

대령과 눈알을 이용해 카르텔 내 입지를 굳힌 사내가 자신이 가진 최고의 패를 이제 버리려 함이다.

고개를 끄덕이며 동의하는 재킷의 사내들이 늘어났다.

"쓰레기 소각장이 바빠질 것 같군요."

"하하하―!!"

소회의장에 함박웃음이 터져 나왔다.

재킷의 사내들이 차례대로 손을 들어 그들이 아끼는 최고의 짐승들을 내어놓기 시작했다.

한국을 상대할 방책이 차곡차곡 쌓여갔다.

그 와중에 결정적으로 그들을 기쁘게 하는 소식이 도착

했다.

"동지 여러분, 방금 연락이 왔습니다. 우리가 디자인한 전장을 글로벌 E&T에서 채택하고 싶다는군요. 하하, 안 되는 게 없군요."

무대도 마련되었다.

그들은 보드카 잔을 높이 들어 단숨에 들이켜고는 잔을 바닥에 집어 던졌다.

승리를 확정 지었다.

러시아는 글로벌 E&T에게 큰손으로 군림하고 있는 존재였다. 아직까지는……

\*      \*      \*

가상의 전장이 열렸다.

빛기둥을 타고 유저들이 속속 필드에 도착했다.

처음 보는 얼굴임에도 서로를 향한 미소 속엔 신뢰가 가득 담겨 있었다.

전장은 울창한 침엽수림 지대였다.

밑둥의 지름이 5미터에 30미터 높이로 자란 울창한 침엽수림이 빼곡히 펼쳐졌다. 한낮임에도 수림을 뚫고 대지에 떨어지는 빛줄기를 눈으로 헤아릴 정도였다.

그리고 전장의 면적은 가늠이 되지 않을 정도로 광활하고 넓었다.

다시금 한국 유저들이 받아들일 수 없는 외계가 펼쳐졌음이라.

접속한 한국 유저들은 쓰게 비웃어주었다, 한국을 미워하는 글로벌 E&T를.

하나 어느 누구도 불평을 토로하지 않았다.

그저 강철거인을 소환해 자신들의 일을 묵묵히 다할 뿐이었다.

[전체 우호 통신 오픈, 군단 통신 오픈, 파티원 직접 통신 오픈.]

[통신 연결 양호!]

한국 유저들은 전장이 열리기를 고대하며 통신 연결을 확인해 나갔다.

[오, 장갑에 엣지 좀 줬는데?]

[엔진 소리가 날카로운 게, 새것 같은데요?]

[귀 밝은데?! 보링보다는 독일제 통잡이로 갈았지. 과감하게 투자했어. 세팅까지 해서 기동 시간이 18분이나 더 늘었어.]

[고작 18분 늘리는 데 5백만 원을 발라요?! 헐—!! 돈을 처발랐군요.]

[흐흐, 하나라도 더 잡으려면 그게 남는 거징~]

[아차차.]

동료들끼리 농담을 주고받을 여유가 생길 즈음이었다.

둥둥, 고오오오오오옹—!!

대기를 가르며 청녹색의 유선형 덩어리가 뿌연 수증기를 뿌리며 지표면을 향해 내려앉았다. 눈으로 가늠할 수 없을 정도의 크기와 속도였다.

분명 유성은 아니었다.

콰아앙—!!

섬광과 함께 거대한 버섯구름 먼지가 피어올랐다.

우수수수수수수—!!

대지를 뒤집는 후폭풍이 파문을 일으키며 밀려왔지만 권역 밖이었다.

지축이 흔들리는 진동이 30초간 이어졌다.

[…멀어, 너무 멀어…….]

통신관이 의구심으로 웅얼거렸다. 이는 러시아 유저들도 마찬가지였다.


한국 대 러시아, 러시아 대 한국의 국가 대항전을 3분 후 개시합니다.


술렁거림이 증폭되는 가운데 E&T 특유의 불친절한 전장 설명이 이어졌다.

# Quest

### 떨어진 유적!

'두 국가의 접경지대에 거대한 구조물이 떨어졌습니다. 이것은 운석이 아닙니다.'

이슈타르 선주민의 유산으로 추정되는 거대한 구조체가 접경지대에 낙하했습니다. 낙하 지역은 유적 지대로 설정되었습니다.

참전 보상:승리한 국가에 1만가지의 아이템 제작 레시피가 독점적으로 제공됩니다. 참전 골렘 오너는 유적 출토 골렘 핵심 파츠 중 두 개를 선택해 소유할 수 있습니다.

던전 출토 파츠를 무려 두 개나 가질 수 있다니?!
그것도 원하는 부위로!!
금전적 보상은 이것으로 충분하다.
단지 승리 조건이 문제라는 것인데…….

# Quest

### 승리의 조건!

'일몰까지 유적 지대에 도착하는 강철거인의 수가 많은 쪽이 승리합

니다.'

그간 국가 대항전을 치르는 동안 각국의 소모가 극심했습니다.

8강전에 한해 각국의 소모를 최소화하는 방향으로 조건이 설정되었습니다.

유적 지대 내에서의 적대 행위는 불가합니다.

이에 개별 보상을 준비했습니다.

개별 보상:피아 구분 없이 선착순 1□□위 안으로 핵심 파츠 한 개 부위가 제공됩니다.

승전국에게 광활한 산림지대가 이식됩니다.

연계 퀘스트가 6개월 먼저 제공됩니다.

-…….

- 전력을 다해 달리십시오.


"……."

이건 또 뭔가?

39.195킬로 밖에 거점 지역이 지정되었다.

동네 마라톤을 하자는 것인가?

정식 마라톤 코스 거리에는 약간 미치지 못한다. 하나 강철거인으로 마라톤을 하라는 말임에는 틀림없다.

강철거인의 보폭을 고려하면 먼 거리는 아니었다. 하나 그렇다고 가까운 거리도 아니다.

그리고 일몰 직전인데 이도 수상하다. 깊은 숲 그늘에 가려진 상태에서 일몰을 어떻게 가늠하란 말인가.

그렇다.

무조건 달려야 한다. 그리고 달리는 내내 상대를 견제하는 서바이벌 크로스컨트리이리라.

[불─쉣!]

[니미럴!]

욕지기가 통신관을 가득 메웠다.

숲에 가려져 전체 그림으로 담을 수 없을 뿐이지, 한국은 2,180기의 강철거인이 참전했고, 러시아는 무려 3,140기의 강철거인을 참전시켜 놓고 있는 상태였다.

수적으로 러시아가 우세이긴 하지만 전 세계 어떤 유저든 한국이 우세하다고 말하고 있는 상황.

하나 러시아의 유저 가운데 1천에 달하는 유저가 마약을 투여한 상태로 경기에 임하고 있다. 경기 종료까지 피로를 느끼지 않으며 전력 질주를 할 주자들이다.

단지 이 사실을 전 세계가 모를 뿐이다.

이후에 스캔들이 터지겠지만 그때는 이미 러시아가 4강전을 치른 뒤이리라.

강철거인에도 문제가 있다.

한국의 강철거인은 난타전을 대비해 두터운 중장갑과 중

병기로 단단히 무장한 상태로 참전한 반면, 러시아 강철거인의 대다수는 양산형 솔져 급 골렘인 T—134로 운전 중량이 가벼운 편에 속한다.

무겁고 두터워야 유리한 상황이 아닌 게 되어버렸다.

조건은 한국에 철저히 불리했고, 한국이 마련한 수많은 작전과 대응 전략은 무용지물이 되고 말았다. 한국 유저들 대부분은 머릿속에 가득 찬 욕지기를 찬 공기로 밀어내기 위해 노력했다.

지오도 마찬가지였다.

'서바이벌 크로스컨트리를 하자는 말인데… 거참, 누가 이런 잔머리를 굴리는지. 아무튼 그림이 좋지 않아.'

지오에게 승리의 조건은 별문제가 되지 않았다. 단숨에 달려가 오는 족족 두들겨 잡으면 되니까.

자신은 할 수 있다.

문제는 꿍꿍이가 넘쳐 나는 눈앞의 침엽수림이었다.

강철거인이 작게 느껴질 정도의 아름드리나무는 방송 카메라를 완벽하게 가리고 있다.

이런 식이라면 누구의 활약은 물론 누군가의 참견을 파악하기도 어렵다.

유저들의 개별 동영상 촬영을 막은 상태에서 스포츠 이벤트를 개최하는 의미가 없지 않은가.

집단전은 절대 불가능한 지형이라는 것.

수적 우세를 점하고 있는 러시아에게도 절대 유리한 게 없는 지형이다.

러시아 유저들이 갑자기 개인기가 늘었단 말인가?

알 수 없는 일이다.

게다 침엽수림 지대에 뿌연 안개마저 피어올랐다.

'안개까지! 좋지 않아.'

그리 불리한 전장과 조건이라고 생각지는 않았다, 한국 유저들의 역량을 믿기에.

그저 지나간 불길한 기억이 떠올라서였다.

슈팅 아머를 이용한 처절한 백병전을 경험한 장소가 이런 곳이었다. 광산 기지에서 살아남은 동료 중 절반이 탈출로로 택한 이런 숲에서 죽었다.

'놈들은 보름이나 우리를 기다리고 있었지… 스페츠나츠 출신 용병들.'

그들은 살육을 마치 스포츠 경기 즐기듯이 해치웠다.

숲에 들어가면 매복이, 개활지에 나오면 저격이…….

36기의 슈팅 아머에 68기의 슈팅 아머가 당했다.

종국엔 그들과 같은 방법으로 제압했지만 일 초가 하루 같은 느낌을 당시에 체험했다.

장대한 침엽수림 지대에서 서로 사냥하고 사냥당했던 것이다.

지오에게 시간의 분리가 일어났다.

[···매서커님.]

"······."

지오는 머리를 흔들었다.

가상의 이곳에 스페츠나츠가 있을 리 없으니까. 그리고 검과 방패가 격돌하는 공간이다. 투사 병기가 개입할 여지는 없다.

하나 손아귀엔 진땀이 흥건하게 배였다.

'무근 꿍꿍이야?! 쪽 팔리는 모습을 보이기 싫다는 건가? 아냐, 아냐··· 뭔가 있어. 안개까지 시야를 철저히 가리고 있어······. 시야!!'

러시아는 자신들의 전투를 세계에 보여주기 싫어함이다, 이 전 세계적인 이벤트를······.

확 트인 개활지에서의 웅장한 집단전보다는 단병접전을 원하고 있다. 개인기로 한국 유저들을 압도할 수 있다는 자신감이 있어야 가능한 전략이 아니던가.

'밝혀져서는 안 되는 그들만의 비밀 병기가 있다는 말인 티······.'

반면, 한국의 유저들은 낙승을 기대하며 필요 이상으로 들떠 있다. 중대한 전투를 앞둔 분위기가 아니었다. 지오와 같은 생각인 것이다.

먼저 가서 길목을 막고 오는 적을 사냥한다!

[발바닥에 땀 좀 나겠어.]

[하하, 곰 사냥 하기엔 딱 그만인 날이군.]

[사냥이나 당하지 말라고.]

[도끼를 들고 왔어야 했는데… 누구 전투 도끼 여분 있어?]

[그냥 뒤에서 구경만 하시구려. 곰 사냥은 이 어르신에게 맡기시구.]

소풍 나온 개구쟁이들의 수다가 중구난방으로 퍼져 통신관이 시끄럽다.

불리한 조건임에도 누구나 낙승을 예견하고 있었다.

자신들의 능력에 대한 근거있는 확신이 있음이다. 절대 오만이 아니다.

'좋아, 확인해 보자. 가면서 흔들어보면 알 수 있겠지.'

지오는 유저들에게 전체 통신을 날렸다.

최고 지휘자로서.

"매서커입니다."

그의 목소리가 전달되자마자 우우우우우웅ㅡ!! 하는 강철 거인의 공회전 엔진음이 대기를 웅장하게 울렸다.

열렬한 환영이 이럴까.

'이것이 공짜 피자의 힘인가.'

"긴 하루가 될 것 같군요. 대열 유지에 힘써주십시오. 장병기와 중병기를 거둬들이고 스킬 사용을 자제합니다. 유적을 향해 M군단이 앞장서겠습니다. M군단의 후위는 뮤턴트 군단이 맡습니다."

명령이 떨어지기가 무섭게 숲이 울었다.

우그덩― 우수수수―!!

숲은 울창했지만 나무 기둥 간의 거리는 강철거인이 기동하기에 충분했다. 교전도 가능할 정도다. 하나 좌우로 길게 뻗은 잔가지는 강철거인의 어깨에 걸려 부러지고 휘어지며 비명을 질러댔다.

…숲이 울었다.

War 03
지오 안의 지오

機甲戰記
# Massacre
기갑전기 매서커

하늘과 땅, 숲이 뒤집어지며 으르렁거렸다.

강철거인 수천 기의 기동다웠다.

지오는 상대가 위치한 숲의 움직임을 눈에 담았다.

반면, 거점 지대를 향한 러시아의 반응은 좀처럼 느낄 수가 없었다.

아니, 한국의 대규모 기동에 적은 꿈쩍도 하지 않았다.

'필요 이상으로 잘 통제되어 있고… 저건?!'

아니나 다를까.

러시아 진영에서 드문드문 나무 끝이 가늘게 흔들리는 게 보였다.

자세히 보아야 눈치챌 정도로 작은 움직임이었다.

나무 꼭대기가 바람에 흔들리는 정도지만 지오는 그 움직임의 은밀함을 잘 알고 있었다.

비록 나무 끝만 살짝 흔들리다 만 것이지만, 그것은 지오의 신경을 곤두서게 했다.

'…그들이다! 스페츠나츠다!'

절대 잊을 수가 없는 시그널이었다.

'빌어먹을, 발악을 하는군. 좋아!'

지오는 흥분을 가라앉히고 숨을 가다듬었다.

이곳은 가상의 공간… 현실의 그들이 이곳에 있을 리 없다.

자신이 과민하게 반응하고 있는 것인지도 모르지만 확인할 필요는 있었다.

이곳은 투사 병기, 정확하게 라이플을 이용한 저격은 통하지 않는다. 그렇기에 저들이 존재한다면 그들이 할 수 있는 전술은 한정되어 있을 터였다.

매복과 유인!

지오는 최대한 유쾌한 음성을 유지하며 전체 통신을 날렸다.

"하하, 북극곰이 늑대를 풀었습니다. 대략 2백 기!"

[……?]

한국 유저 가운데 그 누구도 그런 움직임을 감지하지 못했다. 어디에 2백 기나 되는 강철거인의 움직임이 있단 말인가.

한국 유저들은 매서커의 말에 귀를 기울였다.

"거점 지대에 도착하기까지 긴 시간이 걸릴 것 같은데, 유인에 넘어가면 바보입니다."

[……!]

"상대가 늑대를 풀었는데 우리도 가만있을 수 없죠. 늑대를 사냥할 호랑이가 필요합니다. 자, 그럼 차출합니다."

[…….]

"골렘 체급은 솔져 급. 단검을 이용한 백병전 가능한 분, 매복에 자신있으신 분은 해당 군단장께 신고하고 오른편 숲 대각선 진행 방향으로 각개 들어갑니다. 한 기를 잡으면 무조건 복귀합니다. 엄호는 없습니다."

한국에서 그런 조건에 맞는 강철거인 자원은 희소하다.

그러나 역시 한국은 한국이었다.

단 3분 만에 70기의 강철거인이 대열을 이탈해 대각선 방향으로 스며들었다.

전장을 하늘 위에서 평면으로 놓고 보면 7시에 위치한 것이 한국이고 5시에 위치한 것이 러시아다.

모두 12시를 향해 달려야 한다.

종국엔 적과 조우할 확률이 높아지는 지형이었다.

아무튼 호랑이들이 사라진 뒤 5분이 흘렀다.

묘한 긴장감이 흐르는 가운데 거점 지대를 향한 한국의 움직임을 방해하는 무언가는 아직 나타나지 않고 있었다.

괜한 기우 아니냐는 의구심이 유저들 사이에 생겨날 즈음.

그런 생각을 깨뜨리는 호랑이들의 첫 통신이 들어왔다.

[…교전! 어깨에 붉은 늑대 마크! 상대는… 강하다.]

첫 사상자가 발생했다!

이 통신을 시작으로 호랑이들의 다급한 외침이 이어졌다.

[뭐야?! 이 자식들! 떨어져ㅡ!! 왜 이렇게 질겨? 크…….]

[반파! 교전 지역에서 이탈합니다.]

[뭐, 이런 새끼들이… 크윽!]

늑대를 사냥하러 나선 호랑이들이 하나둘 쓰러져 가고 있었다.

그제야 한국 유저들의 신경이 곤두서며 소풍 분위기가 확 달아났다.

하나 그 가운데 매복에 성공한 호랑이도 있었다.

[헉헉, 매복 성공! 한 기 잡았어! 내가 잡았다고! 어깨 마크, 검은 늑대. 복귀하겠어요. 헉헉!]

[씨발, 씨발, 씨발… 이 새끼들, 군인이야! 군인이라고!!]

[…적은 발사형 단검을 소지하고 있음. 반파 상태… 기동 시간 5분 남음. 회수조… 필요없어요.]

매복에 나선 한국 유저들 가운데에도 군 출신자가 있었고, 교전을 통해 상대가 일반 유저가 아님을 단번에 파악했다.

그러나 한국 유저들이 당황한 만큼 러시아 지휘부도 당황하기는 마찬가지였다.

스페츠나츠와 내무부 특수 부대를 이용한 습격이 중간에서 발각되다니!

게다가 그 상대는 자신들처럼 매복에 능했다.

미숙한 몇몇을 처리했지만 초반에 한국 진영을 흔들려는 계획은 성공하지 못한 것이다.

지오는 상대의 존재를 한국 유저들에게 확인시키자마자 지시를 내렸다.

"매서커입니다. 보시다시피 적은 직업 군인들입니다. 도발을 무시하고 거점 지역까지 전속으로 이동합니다. 개활지는 거점 지대뿐입니다. 동료들의 복수는 그곳에서 합니다."

[…….]

한국 유저들은 이를 앙다물며 전속으로 이동하기 시작했다.

앞선 강철거인이 가지를 치고 나가다 지치면 후위와 교대하는 식으로 길을 개척했다.


*　　　*　　　*


30분이 흘렀다.

[허헉, 이거 장난이 아닌데.]

[교대요.]

[수고하셨습니다.]

한국은 중무장에 중병기로 단단히 준비했기에 이 검은 숲이 자기편이 아님을 절실히 깨달아야 했다.

　그렇지만 길을 개척해서 나아가는 데는 이미 탄력이 붙은 상태였다.

　'이제 내 차례인가.'

　지오가 철기린을 정지시키자 그 앞을 지나가는 한국 유저들이 주먹을 들어 그를 응원했다.

　지오는 이동 내내 시간의 분리를 몇 차례나 겪어야 했다.

　그만큼 동화율이 요동치고 그 기복의 폭이 상상을 초월할 정도였다. 그랬다. 지오에게 이 가상의 전장은 범죄 현장에 돌아온 것 같은 기분을 제공하고 있었던 것이다.

　지오는 자신의 상태를 냉정히 점검했다.

　'이런 식이면… 결코 도움이 되지 못해.'

　매서커가 검은 숲으로 들어가려 함을 모를 리 없다.

　지오는 전체 통신을 꺼버리고 군단장들과의 통신만 살려 놓았다.

　"전체 통신 인계합니다."

　[지원자와 함께하시죠?]

　"아뇨, 유저들을 빠르게 이동시켜 주십시오. 놈들이 집요하게 따라붙을 겁니다. 그런 그들을 사냥하는 것은 접니다."

　[…알겠습니다. 건투를…….]

　지오는 말이 끝나기가 무섭게 철기린의 외장갑부터 풀었다.

"외장갑 탈거! 장거리 이동 모드."

털컹—!

두툼한 장갑이 땅에 떨어졌다. 이어,

> 물리 방어력이 32.8% 떨어졌습니다.
>
> …철기린의 기동 시간이 28분 늘어났습니다.
>
> 기동 스킬 효율이 12% 상승했습니다.

"긴급 정비 모드!"

투퉁!!

뼈대를 감싼 내장갑이 흘러내렸다.

외장갑 위로 내장갑이 땅에 쌓였다.

철기린의 철골 뼈대에 새겨진 마법진은 복잡하고 조밀한 호로 기판을 연상시켰다. 그런 기형학적인 마법진의 선을 따라 형형색색의 형광빛이 지나다녔다.

> 위험, 위험! 경고!
>
> 기동 권장 사항이 아닙니다.
>
> 물리 방어력이 89.8% 떨어졌습니다.
>
> 마법 방어력이 66% 떨어졌습니다.
>
> …철기린의 기동 시간이 58분 늘어났습니다.
>
> 기동 스킬 효율이 49% 상승했습니다.

이런 상태라면 조금만 스쳐도 기동 불가의 치명적인 타격을 입을 수 있다.

[매서커…….]

우려의 외침이 통신관을 가득 매웠다.

지오는 자신만만하게 외쳤다!

"하하, 늑대 사냥에 나서려면 이 정도는 해야죠! 먼저 움직이고, 먼저 가 있으려면 이 수뿐입니다!"

[그래도…….]

그들도 뭔가 이상함을 느끼고 있었다.

오늘 매서커의 행동은 뭔가 하나가 빠진 듯했다.

하나 붙들 수가 없었다, 그는 다름 아닌 매서커였기에.

지오는 주위의 우려를 뒤로하고 2백여 마리가 넘는 늑대 무리를 찾아 숲으로 스며들었다.

지오는 동료에게서 어서 빨리 떨어지고 싶었다.

자신이 한 말은… 전부 거짓말이었다.

이곳에서 죽음을 맞이하고 싶어서였다.

이동하는 와중에 파노라마 사이트를 통해 숲을 가르고 떨어지는 빛줄기가 얼굴에 닿을 때마다 깜짝깜짝 놀라야 했다.

시간의 분리가 있었다. 떠올리기 싫은 기억이 시간의 분리를 따라 찾아왔다.

당시… 침엽수림을 가르고 떨어지는 빛줄기에 화들짝 놀

라 숨었었다. 그리고 자신은 그곳에서… 괴물로 태어났다.

오직 자신의 생존을 위해 달렸다. 비겁함과 이기심이 자신을 괴물로 만들었다.

동료를 위해서 싸우지 않았다. 그러나 동료들의 희생 속에서 자신은 살아남았고 괴물로 태어났다.

자신 깊숙이 자리 잡은 괴물이 깨어났다. 이 괴물은 이기심과 비열함으로 똘똘 뭉친 존재다.

또 하나의 지오였다.

이 괴물은 주변에 있는 모든 것을 파괴하고 파멸시켰다.

그 괴물이 친구, 동료, 형제들을 집어삼켰다.

지오는 심장이 두근거리기 시작했다.

숨이 턱까지 차올랐다.

'이러면 안 돼… 진정해, 진정하라고, 지오.'

그렇게 다잡고 주문을 걸어도 도저히 진정할 수가 없었다.

그때 노랫소리가 들렸다. 아니, 자신이 흥얼거리고 있었다.

숲에서 죽은 독일인 정비 주임이 부르던 노래, 그가 숲에서 동료들을 달래기 위해 불렀었다.

결국엔 모두 같이 이 노래를 불렀었다.

"초원 위에 그림같이 자리 잡은 햇빛에 물든 숲이 보이네. 우리 모두 조만간 그곳으로 가리, 여름날을 맞으러."

쓰러져 간 동료들의 얼굴이 하나둘 스쳐 지나갔다.

왜 다들 웃고 있지?!

…동화율이 ㅁㅋ%입니다. 과도한 몰입 상태입니다!

…동화율이 12%입니다. 빠른 기동이 불가능합니다.

"초원 위에 그림같이 자리 잡은 햇빛에 물든 숲이 보이네.
우리 모두 조만간 그곳으로 가리, 여름날을 맞으러."

…동화율이 88%입니다. 과도한 몰입 상태입니다.

철기린의 잔상이 선명해졌다 흐려졌다를 반복했다.
…현실을 부인하는 유령처럼.

War 04
늑대 사냥

機甲戰記
Massacre
기갑전기 매서커

스페츠나츠는 침착했다.

교전이 있은 후 철저히 정찰을 위주로 기동했다.

[하사, 목표물의 위치는?]

[아직 거북이처럼 움직이고 있습니다. 한국의 선두는 뮤턴
트 군단으로 교대한 것으로 관측되었습니다. 마지막 후위가
M군단으로 추정된다고 합니다.]

[M군단을 후위로 돌려? 재미있군.]

[상사님, 협조 통신입니다. 내무부 애들 가운데 매복에 걸
려 데드당한 기체가 22기나 나왔습니다.]

[뭐라고?! 22기나? 허—!]

[···상사님께 지휘를 양도하고 싶다고 합니다.]

[이 쪼다 새끼들이?!]

스페츠나츠에 비해 내무부 특수 부대의 피해가 컸다. 내무부 특수 부대원의 상당수가 스페츠나츠 출신자임을 감안하면 긴장이 결여되었음이리라.

[똥개들이 내무부로 옮기더니 책임 전가부터 배웠군. 좋아, 받아주지.]

상사를 필두로 스페츠나츠 대원들은 쓴웃음을 지어야만 했다.

[한국이 꽁지가 빠져라 달립니다. 따라붙어야······.]

[하사, 호들갑 떨지 마라! 이곳은 우리 손바닥 안이다. 누군가가 우리 전술을 읽고 있어.]

[우연입니다.]

[마중 나온 놈들이 조직적이진 않지만 매복을 걸었다. 일종의 간 보기야.]

[그럴 리가?!]

[조용히 해라! 생각할 시간이 많지 않다.]

[예, 상사님.]

상사의 기우는 스페츠나츠 대원 모두가 하고 있던 생각이라 당황할 수밖에 없었다.

한국은 역매복을 걸었다기보단 '간 보기'를 걸어왔다.

자신들의 존재를 처음부터 의심하고 있음이리라.

그리고 자신들의 존재를 의심하고 있는 존재가 있다는 게 더욱 꺼림칙했다.

사실 프로로서 자존심이 상했다.

자신들이 누구던가?

세계가 두려워하는 실행 부대다. 자신들의 이름으로 전 세계에 공포를 뿌렸고 지금도 뿌리고 있다.

이곳이 아무리 가상의 공간이라 해도 자신들은 이 공간을 무대로 1개월간 하루도 빠짐없이 8시간씩 모의 전투를 벌였다.

이 가상의 전장은 자신들의 손바닥과 같았다.

그런 자신들을 상대로 간 보기를 걸다니!

한국에 대비한 전술이 근본적으로 흔들릴 수밖에 없었다.

'좋지 않아.'

상사는 자신들의 전력을 다시 점검했다.

둥글둥글한 외관에 진녹색 위장 도색을 한 강철거인이 눈에 들어왔다.

붉은 늑대 스페츠나츠들이 탑승한 강철거인은 솔져 급 대량 생산품인 T-134였다.

이 강철거인의 성능이 처지냐 하면, 절대 그렇지 않다.

거대 길드에서 강철거인 제작 레시피를 공유해 세련된 멋을 배제하고 실용성 위주로 제작한 모델이었다. 그 덕에 우스갯소리로 유저 수보다 강철거인 수가 많다는 소리를 듣고 있는 러시아였다.

대량으로 만들어 뿌려댄 결과로 얻은 조롱이었지만 성능
만큼은 독일의 명품 골렘을 상대로도 처지지 않는다고 평가
받고 있다. 내외 장갑 일체의 곡면 경사 장갑의 성능은 '예
술'이라는 찬탄을 받을 정도였다.

정비도 간단했다. 다른 나라의 강철거인들이 수리에 애를
먹는 동안 러시아의 전력 복구와 회복은 단 이틀 만에 끝을
낼 수 있었다.

이 가상의 강철거인을 스페츠나츠들도 만족하고 있었다.

현실에서 자신들이 운용하는 슈팅아머 T-134와 같은 모
델명을 가지고 있는 만큼 운용법과 중량감이 같았고, 부드러
운 곡면 장갑을 채용한 외관마저 복제하다시피 했다. 다만 화
기 통제 장치만 없을 뿐이었다.

그럼 대원들의 개별 능력이 문제일까?

상사는 절대 아니라고 말할 수 있었다.

러시아는 이미 오래전에 스페츠나츠 여단 대원들을 가상
전장에 적응시켰고, 그 적응한 대원 가운데서 가리고 가려 최
고를 이곳에 참가시켰다.

개별적인 능력은 랭커를 능가하지 못하겠지만 3인이 모이
면 충분히 랭커도 상대할 수 있다 자부하고, 스킬이 무용지물
인 숲에선 일대일로 붙어도 자웅을 겨룰 수 있다며 자부하고
있다.

전 세계가 경악하는 물량 동원, 익숙한 지형, 준비된 전술, 검증된 인력, 안정적인 장비…….

그렇게 완벽하게 세팅을 하였는데 처음부터 삐걱거리기 시작했다.

납득하기 어려운 전초전을 치른 것이다.

'젠장, 이것도 전쟁은 전쟁이란 말이군.'

상사는 의구심이 무럭 일었지만 빨리 냉정을 찾아야 했다.

[검은 늑대에게 합류 지점 좌표를 보냈습니다.]

[좋아, 계곡을 타고 전속으로 가로질러 한국의 선두를 노린다.]

[M군단은 후위에 있습니다.]

[목표는 내가 정한다. 지휘부에 통보해, 지연 작전으로 전술을 변경한다고.]

[…예, 지휘부는 10초 후에 출발하겠다고 합니다.]

[말귀를 알아듣는군.]

러시아는 한국보다 늦게 출발한다 해도 충분한 자신감이 있었다.

이 삼림 지대 전장의 설계 자체를 러시아가 했다. 글로벌 E&T에 미운털이 박힌 한국으로선 전혀 알 수 없는 일이리라.

러시아는 숲을 직선으로 헤치며 이동해야 하는 한국에 비해 이동로를 확보하고 있다. 3시 방향으로 둘러 가야 하지만 이는 한국에 비할 바가 아니었다.

[거점 지대의 전투가 시작되면 M군단을 견제하겠다고 전해. 우리는 거기까지야.]

[…통신 완료했습니다.]

[하사?! 뭐가 문제야?]

[저희 작전 지역으로 지휘부에서 또 다른 독립 부대를 투입했다고 합니다. 총 38기입니다.]

[놀고 있네. 그치들은 뭐 하는 작자들이야? 스페츠나츠 OB라도 결성했어?]

[대령이 지휘하는 팀이라 말하면 상사님이 아신다고 하던데요.]

[……]

상사라 불리는 지휘관은 순간 할 말을 잃었다.

자신이 여기서 꽥꽥거릴 수 있는 것도 다 그 대령이라 불리는 인물이 있기에 가능한 것이었기에. 비록 자신이 스페츠나츠에서 슈팅 아머 백병전의 달인이라고 알려져 있지만 그 대령에 비하면 어린아이 수준이었다.

대령이 지휘하는 작전의 잔혹함은 스페츠나츠인 자신도 치가 떨릴 정도였다. 포로는 없다, 오직 적의 전멸만이 있을 뿐이었다. 혹은 아군의 전멸이…….

[저… 상사님?! 대령이 혹시 그분을 말하는 거 아닙니까?]

[닥쳐! 우리 위치는 30초 단위로 대령 측에 전송해! 꼭!! 반드시!!]

[···알겠습니다.]

상사의 등에 땀이 차오르기 시작했다.

'미친 거 아냐?'

상사는 이 이벤트가 처음부터 마음에 들지 않았다.

군인으로서의 자부심에 가상이라는 공간에서 벌어지는 게임 같은 전투를 받아들일 수 없었다.

죽으면 죽은 것이다.

죽은 자가 자신을 죽인 자에게 GG를 치는 게 가당키나 한 일인가.

이건 장난이다, 장난!

이것이 상사의 가상 게임에 대한 생각이었다. 아니, 스페츠나츠 대원 모두의 생각이었다.

습관적으로 명령을 내리지만 진지하게 임할 수 없는 이유이기도 했다.

그런데 이 장난 같은 전장에 나타나서는 안 될 인물이 나타난 것이다.

현실의 학살자가······.

이 장난을 전쟁 이상으로 생각하는 인물들이 벌인 일에 상사는 진저리가 쳐지며 그들이 가진 힘과 실행력에 두려움이 일었다.

'미쳤어, 미쳤어, 러시아가 미쳤어······.'

하나 상사는 러시아의 승리를 완벽하게 확신했다.

   은밀하게 나무그늘을 따라 움직이는 진녹색 강철거인이 있다.

   어깨에 붉은 늑대 마크가 새겨진 스페츠나츠였다.

   먼 전방을 주시하며 전후좌우를 경계하는 모습이 여간 조심스러운 게 아니었다. 저격을 염두에 둔 몸에 밴 움직임이리라.

   투둑, 잔 나뭇가지가 떨어지며 그 뒤를 이어 T—134의 둥근 어깨 위로 뼈대만 앙상한 거체가 머리 위에서 괴조처럼 떨어져 내렸다.

   쿠국!!

   강철거인의 뒷목을 따라 우산꽂이에 우산이 자리 잡듯 단검이 떨어져 내렸다. 사람으로 치면 흉추 부위였다.

   매서커였다.

   지오는 검끝을 타고 잔 경련이 타고 올라옴을 느끼며 또 한 번의 사냥이 성공했음을 느꼈다.

   정수리에 가해진 단 일격에 적은 가느다란 신음조차 아군에게 전달할 수 없었으리라.

   '역시 군인들이야. 진지하게 임하는 척하지만 너무 멀리 보고 있어.'

가상 플레이에 익숙한 유저라면 누구나 자신의 접근을 의심했으리라.

슈팅 아머나 강철거인이나 마찬가지로 사각지대는 머리 위다.

일반 유저들은 공간을 가르고 나타나는 몬스터의 갑작스러운 리스폰을 염두해 머리 위 경계를 놓치지 않는다. 겉으로 보기엔 덤벙거려도 땅속까지 고려하는 것이다.

그늘진 은폐물을 좋아하고 멀리 보는 건 슈팅 아머를 다루는 군인들의 습관이다. 머리 위로 움직이는 것은 오직 위성이 보내는 색적 정보에만 의존한다.

자신은 그 그늘을 잘 이용하고 있는 셈이었다.

> 매서커 지오가 킬 포인트를 획득했습니다.

> …1무분 동안 12기의 강철거인을 완파시켰습니다. 대항전 기간 동안의 단시간 최고 기록입니다.

메시지를 음미할 여유는 없었다.

지오는 검을 회수하지 않고 올라탄 어깨를 발판으로 도약, 허를 등진 위치로 늘어진 나뭇가지에 두 팔로 매달렸다. 두 다리를 당겨 올리는 반동을 이용해 건너편 가지로의 재도약. 다시 체조 선수 같은 동작으로 도약, 또다시 도약.

나무는 거체의 강철거인이 매달렸음에도 젓가락 굵기만큼만 흔들릴 뿐이었다. 그렇게 지오는 사냥의 현장에서 자신의 존재를 지워갔다.

사냥꾼이 사냥당하고 있음을 그 자신들은 눈치채지 못하는 이유이리라.

사냥을 시작할 때 지오가 가진 무기는 고드름이 연상되는 1미터 80센티의 단검 여덟 자루뿐이었다. 하나 여덟 자루의 단검은 이미 소모되고 없는 상태. 그 자리를 노획한 스페츠나츠들의 단검이 메웠다. 손에 감기는 착용감과 파괴력이 기존의 것보다 월등했다.

지오는 강철거인 T—134의 전리품 회수를 무시하고 그들이 채용한 검날 발사형 단검만 거두어들였다. 강철거인을 노획할 시간적인 여유도 없었던 것이다.

방금 전에 사냥한 T—134에게서 단검을 회수하지 않은 것은 가까운 곳에 또 한 기의 T—134가 있어서였다.

아니나 다를까.

짙은 진녹색 도색의 또 다른 T—134가 나타났다. 새로 나타난 강철거인은 두 개의 단검을 교차하는 식으로 빼들고는 땅을 향해 허물어지듯이 서 있는 동료의 강철거인을 살폈다.

[이봐? 라브? 왜 그래?!]

어깨를 짚자 지오에게 당한 강철거인이 바닥으로 힘없이 엎어졌다.

쿠둥—!

[…상사님?! 라브가… 라브 중사가 당했습니다. 어떻
게…….]

[라브가?!]

[목 뒤에서 조종석 아래로 단검이…….]

[라만스키, 이동해! 자리를 떠나!]

[예?! 크윽!]

[라만스키이이이?!]

[…….]

라만스키는 더 이상 상황을 전달할 수 없었다, 정수리의 시
큰함을 느낀 후였기에.

지오는 박아 넣은 검을 뽑으며 땅에 내려섰다. 진동이 전달
되지 않는 고양이 같은 착지였다. 그런 뒤 두 개의 발사형 단
검을 노획했다.

사각지대로만 빙 둘러 돌아온 것이다.

"들켰으려나? 스페츠나츠답게 회수조는 보내지 않을 테지.
이제부턴 사냥이 힘들어지겠는걸."

사냥감을 찾기는 쉽다. 적들이 거점 지대를 향해 움직이는
한국을 앞지르려 하고 있음을 파악했기에. 단지 러시아 본대
의 이동 방향에 의구심이 들 뿐이었다.

의구심을 떨쳐 내며 철기린의 손을 땅에 짚자 미세한 진동
이 손을 타고 올라왔다.

방향과 거리가 이내 머릿속에 그려졌다.

그렇게 지오는 다음 적의 위치를 가늠한 후 숲으로 스며들었다.

동시에 스페츠나츠들은 동료들의 위치를 파악하느라 부산을 떨었다.

그리고 통신이 두절된 동료를 파악될 때마다 기함을 터뜨려야만 했다.

동료들이 낌새조차 없이 당했다는 게 도저히 믿기지 않는 듯.

                    *            *            *

[상사님, 점호… 보고합니다. 검은 늑대 여덟 기, 붉은 늑대 다섯 기. 응답없습니다.]

[크으, 사냥을 나가 되레 사냥을 당해?!]

열세 기가 사냥당한 뒤에야 사냥꾼의 존재를 파악했기에 당혹감에 상사는 치를 떨었다.

그때였다.

[여어어, 옐친. 호되게 당하고 있구만.]

[…대령님.]

[고맙군, 목소리를 기억해 주어서.]

[…면목없습니다.]

[오면서 흔적을 확인했네. 한 놈이더군.]

[예?!]

[타격하고 나서 단 3초도 머물지 않고 무기만 회수하곤 다른 사냥감을 찾아 이동했어. 정말 감탄했어.]

[······.]

대령이 파악했으니 어떤 과장도 없는 진실이리라.

[스킬을 사용하지 않았으니 낌새를 눈치챌 수 없는 거지. 이 놈은 우리와 같은 리얼계야.]

[···역시.]

스킬에 의존하는 일반 유저들에게선 그러한 은밀함을 기대하기 어렵다.

그리고 그런 은밀함의 대가가 바로 대령이었다.

대령이라 불리는 인물이 옐친 상사에게 은근하게 말했다.

[놈이 누구인지 알려줄까?]

[대령님이 어떻게?]

[한국 진영에서 발견했어. 흑청색 전체 도장의 외장갑이 버려져 있더군. 내장갑까지 활딱 벗었어. 어때?! 대단하지?]

[······!]

[맞아, 놈이야. 우리 팀이 투입된 이유이기도 하지.]

[그럼?]

[상사는 계획대로 한국의 진로를 막도록. 그 뒤는 내가 따라가면서 놈을 찾지.]

[저더러 미끼를…….]

[이봐, 상대는 거물이야. 반드시 여덟 기 안에 덜미를 잡을 수 있을 거야. 잡으면 공적은 전부 자네들 몫으로 돌리겠네. 나와 동료들은 원래 없는 존재니… 어때?]

상사의 판단은 빨랐다.

대령의 실력과 그가 처한 상황을 알기에.

[좋습니다. 앞장서겠습니다. 미끼가 되어드리죠.]

[빠른 상황 판단, 주제 파악까지. 자네의 그 점이 늘 날 감동시켰지.]

[대령니이임?!]

부하들이 다 듣고 있다.

[워워, 최선을 다하지. 간만에 피가 끓고 있어. 믿어도 좋아.]

[…….]

상사는 대령의 말에 깜짝 놀랐다, 대령의 피를 끓게 하는 상대가 가상에 존재한다는 게 믿겨지지 않았기에.

상사는 확인조로 물었다.

[그런 상대입니까?]

[참고로 나도 거추장스러운 장갑을 벗어버렸다네.]

[……!]

[현역 스페츠나츠를 농락한 놈이야. 하하하!]

[…….]

옐친 상사는 대령의 어감에서 상대에 대한 존경을 읽을 수 있었다.

그 오만한 대령이.

하나 동료보다 동료를 죽인 적을 높이 평가하는 그다운 반응은 여전했다.

[그럼 움직이겠습니다.]

[죽지 말라고. 죽으면 찾아가서 자네의 붉은 베레모에 오줌을 갈기겠어.]

[……]

상사는 어금니를 앙다물며 진저리를 쳤다.

이놈이나 저놈이나, 현실에서나 가상에서나 존재해서는 안 되는 놈들이라는 생각이 들었다.


지오의 눈에 빠르게 이동하는 진녹색의 강철거인들이 보였다. 지오는 이동을 하면서도 연신 나무 위를 주시했다.

"진로를 막는 게 우선이시라?! 사냥을 계속하란 말인데……."

스패츠나츠의 자신감이 읽을 수 있었지만 뭔가 신경을 거슬리는 느낌을 떨쳐 버릴 수 없었다.

지오는 피식 쓰게 웃었다.

'너무 과민한 것 같군.'

그렇게 생각하는데 T-134 한 기가 눈에 들어왔다. 미세한 차이지만 다른 스페츠나츠들의 움직임을 가까스로 따라 하는 느낌이 들었다.

전장의 공기에 담담할 수 없는 신병이리라.

지오 그 자신이 저랬다.

한데 그 강철거인은 앞을 보고 있긴 하지만 뒤를 의식하고 있었다.

"음!"

'사냥꾼을 붙였어.'

순간 찌릿한 무언가가 지오의 척추를 타고 올라왔다.

이런 감각이 전장에서 자신을 살렸다.

열한 번의 저격에서 살아남아 습득한, 초감각이라면 초감각이다.

묘한 기대감이 지오를 흥분시켰다. 이어 상대에 대한 기대로 하얀 미소가 피어올랐다.

…그렇게 지오의 현실과 가상의 경계가 허물어져 갔다.


지오는 낮은 자세로 하늘 위를 살피며 이동하는 T−134의 등 뒤에 나타나며 무릎 관절의 윗 부위를 단검으로 그었다.

한 점의 의심도 없는 한 획!

스긍웅―

가격한 적의 상태를 보지 않고 다리 한 축을 크게 틀어 나무 기둥 뒤로 이동한 다음 미련없이 자리를 떴다.

자신의 존재가 발각되었으니 1초도 머무를 필요가 없음이
다.

"…사냥하는 건 나야."

사냥꾼에게 초대장을 날렸다.

War 05
학살자 대 살육자

機甲戰記
Massacre
기갑전기 매서커

[대령님… 열두 기째 행동 불능 상태에 들었습니다.]

옐친 상사의 목소리가 분노로 으르렁거렸다.

[데드시키고 나서 노획물을 가져가지도 않았어. 놈은 천재야. 후아—!]

[대령니이—임?!]

[알아, 알아. 간격이 좁혀지고 있으니 여기서 중지할 순 없어.]

대령은 목소리는 여전히 느긋하기만 했다.

[끄응, 이동 간격을 좁히겠습니다.]

[마음대로… 한국에게 늑대들의 접근을 광고할 생각이라면.]

[흐음.]

그때였다.

옐친 상사의 눈에 뿌연 붉은 형광빛에 휩싸인 강철거인이 나타났다. 상대는 유령처럼 뿌연 잔상을 뿌리며 두 기의 T—134를 지나 자신의 정면에서 검을 내리그어 왔다.

"지휘 기체렷다?!"

챠캉—!!

[크윽!]

새파란 빛이 맞붙은 단검에서 튀었다.

옐친 상사는 가까스로 철기린의 일격을 막을 수 있었다.

하나 상대는 막아낸 반동을 고스란히 안고는 나타난 방향으로 한 손을 땅에 짚어 텀블링하며 사라져 버렸다.

명멸하는 마법진의 잔상으로 마치 4, 5기가 일렬로 나타났다 일렬로 사라지는 것처럼 보였다.

[너, 너. 이, 이 자식…….]

방금 당한 습격이 거짓말 같다.

상사는 놈이 나타나서 반갑다기보다는 갑자기 모습을 드러낸 저의에 의문이 들었다.

반면 지오는 숲으로 사라지며 나뭇가지가 움직이는 방향을 가늠했다.

'우리 진영에서부터 타고 오는 무리가 있군.'

지오는 자신을 추격하는 사냥꾼의 위치를 파악했다.

　　　　　*　　　　*　　　　*

쿠둥—!

진녹색의 강철거인이 허물어지듯 쓰러졌다.

"구름을 쫓는 구름."

철기린의 마법진이 청백색으로 명멸하며 순식간에 6미터 밖으로 미끄러지듯이 밀려났다.

풋! 풋!!

철기린이 있던 자리에 두 개의 검날이 박혔다. 스페츠나츠들은 아낌없이 지오를 향해 검날을 분출시켰지만 예상 범위 밖으로 철기린이 피한 후였다.

이것은 단순한 타이밍의 문제가 아니었다.

지오는 자신이 처음 가상 게임을 접했을 때를 떠올렸다.

현실을 근거해 가상의 세계를 가늠했다.

당연히 스킬의 개념과 그 효과를 납득할 수 없었다.

검을 휘둘렀는데 어떻게 5미터 밖의 대상에게 충격을 가할 수 있단 말인가.

회피했는데 어떻게 5미터 밖으로 물러날 수 있단 말인가.

마법? 당연히 납득할 수 없는 현상의 집합체다.

인간 능력의 한계에 대한 체험이 강할수록 그 의구심이 컸다.

그렇다, 리얼계다.

한마디로 가상 플레이에 전혀 도움 안 된다.

그 간격을 감정을 실어 해결했다. 감정의 깊이와 폭엔 한계가 없으니… 일면 통했다.

다행히 강철거인이라는 자신의 경험과 상성이 맞는 아이템이라 E&T에서 버틸 수 있었지, 다른 가상 게임에선 두각을 나타낼 수 없었으리라.

아무튼 자신은 가상의 삶에 녹아들었다. 하나 눈앞의 스페츠나츠들은 그러지 못했다.

사냥하는 동안 변변한 스킬을 터뜨리는 대원을 보지 못했다.

그랬다, 이들은 골수 리얼계였다.

슈팅 아머라는 현실의 병기에 너무 익숙해질 대로 익숙해진 그들이라 움직임과 기동 시간은 일반 유저에 비해 월등할지 몰라도 지금처럼 잔기술에는 속수무책이었다. 훈련도 같은 리얼계와 했을 테니 적이 구사하는 스킬 타이밍을 놓치게 마련이었다.

한마디로 스킬 타이밍을 읽지 못했다.

여유로운 지오에 비해 스페츠나츠들은 독이 오를 대로 올랐다.

하나 독만 오를 뿐이었다.

그렇게 여유롭게 한 기를 반파시키고 달아나려는데 우측

어서부터 파란 섬광이 횡으로 길게 터져 나왔다.

아름드리나무가 밑둥부터 잘려져 철기린을 덮쳐 왔다.

우구구구궁— 쿠웅—!

우수수수수—

간발의 차이로 피했지만 앞이 가로막혔다.

피어오른 흙먼지와 날리는 나뭇잎 너머로 길쭉한 검은 실루엣이 빠르게 다가왔다.

지오는 순간적으로 단검을 쳐올렸다.

카강—!! 카칵—!!

검날과 검날이 맞붙으며 이빨이 떨어져 나갔다.

상대는 밀면 밀어낸 만큼 물러났고, 당기면 당긴 만큼 따라붙으며 자석처럼 붙어선 자신의 빠르기를 감당했다.

"……!"

'이자는… 진짜배기다.'

지오는 회피 기동을 중단하고 검을 마주한 채 상대를 눈에 담았다.

자신과 마찬가지로 내장갑까지 벗은 상태였다.

명멸하는 마법진은 흙을 발라 숨겼다.

미리 진을 치고 자신이 습격하기를 기다리고 있었으리라.

강철에 가려진 상태지만 상대가 자신을 향해 웃고 있다는 느낌이 들었다.

상대는 단검으로 아름드리나무를 잘라 자신의 퇴로를 차

단하기까지 했다. 스킬 사용에 전혀 꺼려하지 않는 가상계이리라.

역시나 상대에게서 느껴지는 묵직한 존재감이 손을 타고 흘러들어 왔다.

그 순간 우호 통신이 들어왔다. 들떠 외치는 말을 못 알아들을 정도는 아니었다.

[하라쇼, 매서커!]

"……."

지오의 입가에 가느다란 미소가 피어올랐다.

**자신의 사냥은 이제부터이기에.**

\*　　　　\*　　　　\*

쿵쿵쿵쿵―!!!

지오는 수십 기의 강철거인이 달려오는 것을 땅의 울림을 통해 알 수 있었다. 곧 20미터 거리를 두고 검은 그림자들이 지오를 둘러섰다.

하나 그다음부터는 고요한 정적이 흘렀다.

참견하는 자는 없었다. 정지된 채 붙어 있는 두 기의 강철거인을 지켜볼 뿐이다. 한 시간 같은 3분이 그렇게 흘렀다.

시간이 흐름에 따라 두 기체의 마법진이 오렌지 빛으로 서서히 달아올랐다.

···동화율이 66%에 달합니다.

···동화율이 77%에 달합니다.

'러시아에 이런 유저가 있구나!'

지오는 상대를 인정했다, 인정해야만 했다.

자신이 끌어올리는 데 맞추어 상대도 보란 듯이 동화율을 그조시키고 있었다.

대령도 놀라기는 마찬가지다.

맞겨루기가 가능한 상대가 있을 줄이야······.

여기서 밀리는 자는 죽는다. 둘 사이의 겨룸은 그런 겨룸이었다.

매서커는 과장됨 없는 진짜였다.

자신의 승리에 대해선 한 치의 의심도 없었다.

그렇게 고요 속에 두 기의 강철거인이 빛으로 달아올랐고, 맞붙은 검을 통해 서로의 흥분된 심장 고동을 느꼈다.

그때였다.

저 멀리 한국 진영에서 스킬 이펙트가 터져 나왔다. 상사의 붉은 늑대가 한국 측과 조우한 것이리라. 순간,

맞붙은 단검이 한차례 떨어졌다.

차각, 차각, 치잇―!

새파란 궤적을 그리며 세 번의 백색 섬광이 터졌다, 검날과 검날이 맞붙은 자세로 다시 돌아왔다. 차이가 있다면 서로 역으로 단검을 쥔 채 맞붙었다는 것뿐.

두 기체의 마법진이 웅웅거리며 붉은 빛으로 타올랐다.

"이 기술은!"

지오의 놀라움보다 대령의 놀라움이 더 컸다.

[……!!!]

대령은 순간 피가 말라붙음을 느끼고는 손끝이 떨려왔다.

'…놈이다, 놈이다! 분명 그놈이야!!'

대령에겐 절대 잊을 수 없는 적이 있었다.

자신에게 마지막이 되어버린 임무… 스페츠나츠에게 민간 군사 기업의 용병으로 참여해 휘귀토 광산을 확보하라는 임무가 주어졌었다.

민간 기업이 자신에게 부여한 지위가 대령이었다.

우주로 향하려면 반드시 확보해야 할 자원을 놓고 전 세계가 종횡으로 엮여 민간 군사 기업이라는 대리인을 앞세워 러시아의 변경 오지에서 난타전을 벌였다.

시작은 완벽했다.

위성 포격 지원에 내부 첩자의 정보 제공까지 더해져 작전은 톱니바퀴 맞물리듯이 돌아갔다. 그렇듯 순조롭게 다른 민간 군사 기업을 밀어내는가 했다.

그런 와중에 숲에서의 사냥은 최고의 이벤트였다.

사실 위성 포격을 당해 만신창이가 된 그들의 퇴각은 협상으로 묵인된 퇴각이었지만, 그들을 사냥하는 일에 나선 것은 순전히 자신의 판단에서다.

단지 무료함을 달래기 위해… 유흥 삼아 그들을 숲에서 사냥했다.

처음엔 가지고 놀았다. 우리를 벗어난 맹수처럼 살육을 즐겼다.

한데 그 이벤트를 오래도록 즐긴 것이 문제였다.

준비한 탄환을 전부 소진했을 즈음, 슈팅 아머가 운용할 수 있는 모든 원시적인 도구가 동원된 백병전이 벌어졌다.

슈팅 아머 전용 단검은 기본에, 토목용 도끼와 야전삽이 난무했다.

그리고… 괴물이… 적 안에서 깨어났다.

괴물은 혼자였다.

임무 중 처음으로 지원 요청을 해야 하는 사태가 벌어졌다. 전부 그 괴물이 깨어난 결과였다.

세 배에 달하는 지원 병력이 공수되었고, 그렇게 괴물 사냥에 나섰지만 사냥당하는 쪽은 자신들이었다.

지원 병력을 투입할수록 놈을 더욱 강하고 흉포하게 만들 뿐이었다. 광산 기지의 폐허로 병력을 쏟아부어 밀어붙여 한숨 돌리는가 했지만 그 괴물은 틈만 나면 사냥에 나섰다.

그 괴물은 용병들 사이에 공포로 군림하기에 이르렀다. 결국 들판에 한가하게 홀로 앉아 있는 괴물의 슈팅 아머를 보고도 누구도 건드리지 못하는 지경까지…….

그런 상황이 길어질수록 자신을 향한 동료와 용병들의 시선은 차가워졌다. 적들을 약속대로 안전하게 퇴각하게 내버려 두지 왜 건드렸냐는 것이다.

자신이 그 괴물을 해결해야 했다.

내몰리듯이 사냥에 나선 괴물과 맞부딪쳐야 했다.

결과는 참담했다. 가진 무기는 물론 탑승한 슈팅 아머까지 빼앗기고 말았다.

그랬다. 놈의 빈번한 사냥은 동료들의 보급품을 충당하기 위한 것이었다.

슈팅 아머의 손가락을 까닥이며 자신을 조종석에서 불러낼 때 놈이 자신을 알아볼까 봐 오줌을 지려야만 했다.

숲에서 괴물의 동료들을 살육한 자신이다.

공포로 괴물이 뿜어내는 광기에 머릿속이 하얗게 비워졌다.

아래턱이 덜덜 떨리며 아랫도리가 추축해져 왔다.

그런 자신을 보고 괴물은 친절하게 손가락으로 돌아가라며 기지 방향을 가리켜 주었다.

……!

죽음의 공포가 사라진 자리에 뭐라 말할 수 없는 감정이 채

워졌다. 그것은… 굴욕감이었다.

괴물은 자신을 알지 못했다.

그 괴물은 대령 그 자신이 숲에서 저지른 일을 모르고 있었다.

어떻게 자신을 모를 수 있단 말인가?

하지만 되돌아서 물을 수도 없었다.

속에서 분노가 들끓었지만 도망치고 있는 자신을 발견해야 했다.

대령은 당시 자신 안에 있는 자신이 사라졌음을 깨달았다.

오직 비열한 복수심만 남을 뿐이었다.

그렇게 금이 갔다. 갈라진 틈 사이로 뭔가가 튀어나오려 요동쳤다. 하나 괴물이 전장에 등장하면 그 뭔가는 꼭꼭 숨어버렸다.

괴물을 잡을 수 있는 수단은 그 후로도 없었다.

휘귀토 광산이 제3의 자본에 넘어가면서 광산 기지 전투는 어이없이 끝이 났다.

전투 종료 후 놈의 소식을 은밀히 수소문했다.

그리고 광산 기지에서 수천 킬로 떨어진 난민촌에 수용되었음을 알았다.

기회가 왔다!

놈을 가만둘 수 없었다.

자신 안에서 괴물이 튀어나왔다.

비열함으로 똘똘 뭉친 증오 덩어리!

놈이 없어져야 자신 안에 자리 잡은 비겁한 놈이 사라질 것이기에.

난민촌 경비를 서는 슈팅 아머를 탈취해 난민들을 학살했다. 그 안에 괴물이 있기를 바라며…….

자랑스러운 스페츠나츠 대령이 학살한 것이 아니다, 내 안에 스며들어 온 그 괴물 놈이 한 것이다!

결국 학살자로서 군 형무소에 갇혔지만 자신 안에 있던 비열한 놈이 사라졌음에 만족했다.

그런 뒤 제2의 삶을 마피아의 지하 투기장에서 보냈다, 자랑스러운 대령으로서.

그리고 단 한 번도 비열한 놈은 튀어나오지 않았었다.

한데 오늘… 괴물을 다시 마주했다.

'…그럴 리 없어, 놈은 그곳에서 죽었어. 내가 죽였다고…….'

부인해도 소용없다, 괴물은 살아 있었다.

방금 단검으로 교차한 삼연격이 부인할 수 없는 증거였다.

한 번의 칼질 같은 세 번의 칼질… 삼연격은 자신의 기술이 아니다. 괴물의 기술이었던 것이다.

자신은 그 기술을 훔쳤다.

자신은 목을 비껴 날리고 양 손목을 잘라 버리는 이 기술로 지하 투기장에서 군림할 수 있었다. 랭커들도 속수무책으로 쓰러졌다.

추앙받았다.

하나 대령이 바라는 것은 단 하나… 자신이 괴물로 불리는
것이었다.


*          *          *


'어라라?!'

자신의 장기를 똑같이 구사하는 적이 나타났다.

지오는 눈앞의 상대가 구사한 기술에 쓰게 웃고 말았다.

광산 기지에서 자신을 습격한 용병이 떠올라서였다.

저격도 훌륭했고, 백병전 실력은 더 좋았다.

베스트 중의 베스트였다.

다른 용병보다 더욱 집요하게 달려들었기에 기억이 났다.

방금 구사한 삼연격으로 제압할 수 있었다. 유일한 대상이
었다.

조종석을 나온 그 실체를 확인하는 순간… 연민이 일었다.

그는 중년의 용병이었고, 조종석을 나서자마자 오줌을 지
렸었다. 자신의 목에 걸린 현상금이 절실히 필요한 가장이리
라.

풀어주니 엉뚱한 방향으로 가기에 적 기지 방향으로 배웅
해 주었다. 시야에서 사라질 때까지 자신을 죽이지 않을까 어

깨를 움츠리며 걷는 모습이 지금도 선했다.

공포와 두려움으로 바들거리는 어깨, 길게 드리운 외로운 그림자.

짙은 허무가 밀려왔다.

그와 나는 국가의 존망을, 원대한 이념을, 신앙을 통한 정체성을 확인하기 위해 싸우지 않았다.

그저 그와 나는 살기 위해 싸울 뿐이다.

그리고 싸우면 싸울수록 늘어나는 빚!

자신에게 빼앗겨 버린 슈팅 아머와 장비에 대한 배상금을 어떻게 마련할까 고민하고 있을지도 모른다는 생각이 불현듯 들었다.

저 중년의 용병이 과연 감당할 수 있을까?

지오는 그때 깨달았다.

'내가 지금까지 무슨 짓을 저지른 거지?'

동료들을 먹여 살리고 있다는 우쭐함이 사라졌다. 그 이후 보급품 사냥을 그만두었다.

오직 동료들을 지키기 위해서만 출격했다.

아무튼 가슴 한가운데 짐이 되어온 그림이 이 중년 용병의 쓸쓸히 사라지는 뒷모습이었다.

이는 바로 자신의 모습이 되어 광야를 허탈하게 하염없이 걷는 꿈으로 지금도 이어지고 있는 중이다.

동료들의 절규에 이은 또 다른 악몽이었다.

한데 그 중년 용병이 눈앞에 건강하게 살아 있었다, 가상 게임을 즐길 정도로.

자신의 기술을 훔친 것에 화가 나지는 않았다. 자신이 준 선물로 생각하면 된다.

그저 건강하게 자신의 나라를 위해 선수로 나선 것에 오래된 짐 하나를 내려놓은 것으로 만족했다.

'그 대머리 배불뚝이 아저씨가 용병계를 은퇴했구나. 하하.'

통쾌한 웃음이 터져 나왔다.

오늘 내도록 숲이 주던 불안감이 사라지며 평화가 찾아왔다.

별 게 기적이 아니다.

평화가 깨어진 이 공간에서 평화를 찾을 줄이야!

지오는 나름의 그림을 그리며 즐거웠다.

맞닿은 검에서 뜨거운 느낌이 전해져 왔다.

'이 아저씨도 나를 알아챘구나… 후후, 당황스럽겠지.'

지오는 스페츠나츠를 사냥하며 내내 찜찜했는데 이 하나의 반가움으로 날려 버렸다.

먹잇감을 노리던 하얀 미소는 푸근한 미소로 변했다.

즐거움에 혼잣말이 절로 나왔다.

"이봐요, 용병 아저씨?! 스페츠나츠 7연격을 개발했는데, 배워보실래요?"

[…….]

대령이 한국말을 알아들을 리 없다.

하나 모든 말이 자신을 조롱하는 말처럼 들렸다.

대령은 혀를 깨물었다. 비열한 괴물을 깨우기 위한 제물은 그 자신이다.

[…죽여 버리겠어! 이번만큼은 반드시…….]

가상과 현실의 경계가 빠르게 허물어졌고, 대령의 강철거인이 불길한 빛으로 타올랐다.

번쩍― 파스스슷―!!

그때 저 멀리 숲의 어둠을 뚫고 스킬 이펙트가 번뜩였다.

때를 같이해 지오와 대령이 맞붙은 단검이 떨어졌다.

차가, 츠캇, 카각!!

다섯 번의 격한 마찰음과 함께 새파란 섬광이 일었고,

쓰텅, 트옥―

깔끔한 절삭음이 두 번 있었다.

대령의 T―134의 목이 날아올랐고 단검을 쥔 손목이 튕겨 올랐다.

대령은 자신의 비기인 5연격을 구사했고, 지오는 7연격으로 대응했다.

눈으로 따를 수 없는 빠름이리라.

[으헉!!!]

근본 기술이 지오에게 나온 이상 파생 스킬의 한계였다.

"후와, 이 아저씨 놀진 않았네. 하하하."

지오는 진심으로 기뻤다.

그 중년의 용병이 구사한 기술을 보건대, 오랜 시간 E&T에서 재미있는 삶을 보내고 있었음을 뜻하기에.

…그렇게 생각하는 게 편했다.

지오가 친근하게 말했다.

"그때는 살려 보냈지만… 지금은 죽으세요. 죽여도 되죠? 그럼… 피스—!!!"

지오는 단검을 배 아래에서 위로 치켜올렸다.

쿠큭!!

파고든 검끝에 스킬을 담았다.

"목마른 죽음!"

화랏—

지오의 철기린이 빛으로 화했다.

가느다란 붉은 빛기둥이 대령이 탑승한 강철거인의 등을 뚫고 새어 나왔다.

대령은 복부에 파고든 고통을 느낄 새도 없이 뜨거움으로 온몸이 타올랐다.

지오는 평화를 만끽했다.

그 어떤 데드 메시지도 이 한 번의 데드 메시지를 능가하지 못했다.

진득한 죄책감은 통쾌한 쾌감으로 변했다.

"…게임이 이래서 좋은 거야……."

행복감이 물밀듯이 밀려왔다.

총칼을 겨눈 적이 무사함이 이토록 기쁠 줄이야.

자신 속에서 튀어나온 괴물은 지금 이 순간부터 영원히 나오지 않을 것임을 확신했다.

마음속 깊은 곳에서부터 기적 같은 평화로 채워졌다.

PEACE—!!!

War 06
몰살자

機甲戰記
Massacre
기갑전기 매서커

대령의 강철거인의 머리가 날아가고, 손목이 떨어지고, 복부에 단검이 파고들기까지는 모두 한 호흡이었다.

투기장의 짐승들은 고수이기에 이 그림이 결코 허무한 장면이 아님을 잘 알고 있다. 과연 고수 간의 겨룸다웠다.

어쨌든 투기장에서 무적을 자랑하는 3연격의 대령이 쓰러졌다.

그에게 있어 쓸 상대가 없다는 비기인 5연격마저 통하지 않았다.

매서커가 대령과 유사한 기술을 구사한 것은 지금 중요하지 않은 일이었다.

무엇보다 중요한 것은 자신들의 임무, 매서커라는 재앙 덩어리를 해치워야 한다는 것이었다.

러시아를 위해서가 아니라 자신들을 위해서!

조직에서는 그들에게 새로운 신분, 성형, 남미의 농장을 보상으로 걸었다.

현재 가장 유력한 후보인 대령이 탈락했다. 이제 무더기로 덤벼 운 좋은 누군가의 몫이 될 수 있음이리라.

포위가 좁혀들었다.

반경 20미터의 공간은 10미터로 빠르게 좁혀들었다.

하나 이 일을 어쩌나?!

문제는 37기의 짐승 가운데 누구 하나 먼저 나설 기미가 없다는 것이다.

눈앞의 강철거인이 빛을 뿌리며 당당하게 서 있다.

그 빛은 오묘했다. 밝지도 눈부시지도 않다. 은은하게 공간을 채우는 그런 밝음이었다.

도모할 엄두가 나지 않을 정도의 위용이 빛 안에 있었다.

아니, 이것은 위엄이었다.

그 위용과 위엄에 짐승들은 압도당했다.

짐승 가운데 비열한 누군가가 자신의 비열함을 실행에 옮겼다.

발을 들어 등을 보고 서 있는 동료의 등을 밀었다.

순식간에 벌어진 일이다.

등이 밀린 강철거인이 지오를 향해 균형이 무너진 발걸음으로 튀어나왔다.

지오는 살짝 몸을 흔들어 균형이 무너진 적을 반대편으로 보내 버렸다, 등을 밀어 더욱 가속도를 붙여서.

쿠쿵, 콰광―!!

중심을 잡지 못한 강철거인은 세 기의 동료와 충돌하며 동시에 뒤엉겨 버렸다.

"뭐, 이런 놈들이."

지오로서는 이들이 범죄자임을 알 길이 없었다.

그저 주어진 기회를 이용할 뿐이었다.

[죽어!]

[뭐야?! 너희들, 이러기야?!]

[달려들어, 겁쟁이!!]

[크억, 개, 개자식들―!!]

짐승들의 포위망은 서로 밀고 밀리며 엉망진창이 되어버렸다.

용감하게 자발적으로 돌진하는 경우는 전혀 없었다.

대령의 패배가 그만큼 이들의 플레이를 단순하게 만든 결과일까?

아니다. 이들은 지오의 철기린을 추적하며 사냥당한 스페츠나츠들을 볼 수밖에 없었다. 그 추적 과정에서 담담함을 유지한 것은 대령이 유일했다.

러시아 랭커들을 장난처럼 처치하던 대령이다.

한데 그 대령이 없다.

범죄자의 비열함이 지금 폭발했다.

원래 투기장에서 경쟁하던 그들이기에 등을 발로 차고 서로의 등에 칼을 박아도 전혀 미안할 것이 없는 사이이리라.

서로를 상대로 중병기가 등장했다.

지오는 눈앞에 벌어진 난장판에 멍할 따름이었다.

이렇게 격이 떨어지는 유저가 있다는 것 자체가 신기했다.

"나야 좋지. 허이구, 이건 먹어둬야겠지. 스탈린 중형 나이트 골렘이라… 가볍게 드셔주시지."

지오는 사방에 널브러진 러시아 강철거인 가운데 레어인 골렘들만 주워 담았다.

"아이 손에서 사탕 뺏기!"

단 3초 만에 시커먼 이공간 속으로 거체의 강철거인이 사라졌다.


*          *          *


러시아의 선두.

천여 기의 마피아 길드 소속 유저들이 단내를 풍기며 달리

고 있었다. 약 기운에 고조된 러시아 유저들의 눈에 스킬 이
펙트가 보이기 시작했다.

스페츠나츠들이 한국의 선두를 저지하는 과정에서 벌어진
전투였다.

3킬로만 더 가면 유적 지대에 들어간다. 러시아의 승리가
눈앞이었다. 다들 너무 싱겁다는 생각이 들었다.

전투 이펙트에 서서히 몸이 달아올랐다.

길드의 감시와 통제가 엄격했기에 감히 이탈할 생각을 하
지 못했지만 전투 이펙트에 눈들이 돌아갔다.

지금 그들의 상태는 한 시간이나 달려서 한창 업된 상태.

그리고 조금만 이동하면 전투가 벌어지는 장소가 나온
다.

'누군가는 한국을 상대로 재미를 보고 있다!'

그랬다.

싸우러 왔지, 달리러 오지 않았다.

한국 유저도 그렇겠지만 러시아 유저도 마찬가지였다. 마
피아가 관리하는 길드원이라도 마찬가지.

게다가 척추에 투약한 마약은 괜히 전투 마약이 아니었
다.

그것은 인간의 뇌 속에 잠재된 폭력 성향을 극대화시켜 주
었다.

알게 모르게 러시아의 선두는 점점 교전이 벌어지는 쪽으

로 치우쳐만 갔다.

슬금슬금 대열에서 이탈해 한국 측으로 접근하는 러시아 유저들이 늘어났다.

[뭐야?! 곧 종착지다. 우리는 유적 지대가 목표야. 돌아와, 돌아오라고!]

[자리를 지켜! 앞만 보란 말이다.]

고압적인 통신이 러시아 유저들의 흥분된 마음을 진정시 켰다.

하지만 통제가 뚫리는 건 한순간이었다.

단 하나의 사건으로.

러시아 유저들의 옆으로 청녹색 형광빛으로 빛나는 뼈대 만 앙상한 강철거인 한 기가 지나갔다.

잔상을 뿌리며 옆을 스치듯이 지나치자 러시아 유저들이 흥분하기 시작했다. 게다가 상대는 무기도 들지 않고 빈손이 었다.

저렇게 먹음직한 먹잇감이 손을 뻗으면 닿을 거리에 있는 데 마음이 동하지 않으면 인간이 아니다.

잡는 사람이 임자!

게다가 약빨이 최고조에 든 상태다.

[저건 내 거야.]

[내가 먼저 봤어.]

[븅신, 잡는 사람이 임자지.]

수백 기의 러시아 강철거인들이 나신의 강철거인을 잡으려고 대오를 이탈하기 시작했다.

*      *      *

옐친 상사는 고무되었다.

아름드리나무는 한국 유저들의 스킬을 막아주는 방패 역할을 충실히 해주었다.

한국 유저들이 뽑아내는 그 무시무시한 스킬들이 무용지물이었다.

숲은 리얼계의 천국이었다.

그렇게 대령이 매서커를 붙들고 있는 동안 자신은 임무를 충실히 진행할 수 있었다.

노획을 위한, 킬 포인트를 쌓기 위한 전투를 벌이지 않는 이상, 한국 유저들의 중장갑 강철거인들은 쉬운 먹잇감이었다.

그저 선두를 자극하고 물러났다가 다시 자극하는 순으로 이동을 확실하게 저지하는 게 가능했다.

게다가 러시아의 선두가 유적 지대 근방에 도착한 것을 확인했다.

한국의 랭커들이 무시무시한 스킬을 뽑아내 피해가 컸지단 임무는 98% 완료한 셈이었다. 게임 잘한다고 상을 받을 생각이 없으니 그저 임무 완료를 기다릴 생각뿐이었다.

[상사님, 휴가 보너스로 뭘 할 생각이세요?]

철없는 하사였다. 대꾸하지 말까 했는데 입이 절로 열렸다.

[…죽이는 년과 죽이는 데 가서 죽이게 놀아야지.]

[우와—! 어? 저건 뭐야?]

[보리스, 뭘 본 거야?]

통신을 담당하는 보리스 하사는 상사의 뒤편에 있기에 걱정이 없었다.

[햐, 상사님이 제 이름을 다 불러주시고.]

[얀마, 보고나 제대로 해!]

[그러니까… 아군 십여 기… 아니, 아군 수십 기가 방금 제 앞을 지나갔습니다.]

[…아군이냐? 다행이군.]

[근데…….]

[보리스 하사!! 제대로 보고 못해?! 앙?!]

[상사님… 아군이 매서커를 쫓고 있어요? 매서커가 왜 도망가죠?]

[……!]

그 말에 상사는 급하게 등을 돌렸다.

수십 기의 아군이 한국 진영을 향해, 아니, 한국 유저들이 발하는 스킬 이펙트의 빛을 쫓아 달려가는 게 보였다.

[미친 거 아냐?! 12시, 아니, 유적은 저기라고!!]

고함이 비명처럼 터졌지만 돌아오지 않는 메아리였다.

이런 대규모 접근은 한국 유저들을 자극했다.

저 너머 한국 유저들이 숲 안으로 스며드는 게 보였다.

문제는 중구난방식이라기보다는 좌우 엄호를 확인하며 질서정연하게 돌입하고 있다는 것이었다.

그런 그들이 살기등등하게 보이는 건 상사만의 착각이 아니었다.

[상사님! 상사님?! 지시를……]

[…붉은 늑대들, 검은 늑대들과 함께 난입한 아군들을 12시 방향으로 유도해라. 지시를 따르지 않으면… 베어도 좋다. 어서 빨리!!]

[예!!]

긴장한 대답이 통신관을 가득 메웠다.


"싸워라, 싸워! 싸워야 제맛이지!"

발바닥에 불이 나도록 달리는 지오였다.

"초원 위에 그림같이 자리 잡은 햇빛에 물든 숲이 보이네. 우리 모두 조만간 그곳으로 가리, 여름날을 맞으러."

지치면 노래를 불렀다.


*　　　　*　　　　*

유적 지대 앞, 유적이 추락하며 일으킨 충격파로 땅이 뒤집어지며 폭 2킬로의 개활지가 만들어졌다.

석양에 물든 그림 같은 숲이 펼쳐졌다. 석양을 향해 거대한 그림자들이 숲을 뚫고 나타났다.

쿵쿵, 쿠쿵!

그 개활지로 러시아 유저들이 속속 진입했다.

숲에서 교전에 든 유저들이 있는 반면, 목표에 충실한 유저들이 스페츠나츠의 유도를 따라 속속 개활지로 나서고 있었다.

직선으로 2킬로만 더 접근하면 유적 지대, 바로 종착점이다.

이제부턴 거칠 것이 없기에 달리기만 하면 된다.

1분이면 끝!

한국 측에서는 아직 개활지로 나온 강철거인이 없었다.

한데 유적지를 향한 시선에서 제일 처음 들어오는 것이 있었으니… 나무가 아니었다.

그것은 형광 빛으로 명멸하는 앙상한 강철거인 한 기였다.

그 모습은 마치 바람 불면 넘어갈 것 같이 가늘었다, 나무로 착각할 정도로.

이 위태로운 강철거인의 확성관이 러시아 유저들을 향해

웅웅거렸다.

"하.라.쇼—!"

[…….]

그 순간 강철거인이 양손에 쥔 단검에서 1미터 길이의 붉은 오러가 자라났다.

이어 관절을 삐걱거리는 식으로 건들거리며 다가오기 시작했다.

대단히 불량스럽다.

이때까지만 해도 러시아 유저들은 그저 고개를 갸웃하는 정도였다.

풋, 하며 비웃는 유저도 있었다.

불면 넘어갈 저 상태로 어쩌라고?

날 길이와 합쳐서 3미터도 안 되는 검으로 할 수 있는 게 뭐가 있다고?

몇몇 러시아 유저들이 당당하게 마주 걸어나갔다.

철기린이 숲을 어지럽게 돌아다닐 때부터 벼르고 있었다.

한데 건들거리는 강철거인이 접근할수록 붉은 오러의 길이가 늘어나는 게 아닌가.

후우, 후루웅— 흐으웅—!

검날에 연결된 오러가 자라나면서 팽창음을 토해냈다, 귀에 속속 들어올 정도.

한 걸음에 30센티씩이지만 그 위압적인 팽창은 거칠 것이 없었다.

2미터, 3미터… 급기야 30미터 앞에 도착했을 때는 6미터까지 자라 있는 게 아닌가!

마찬가지로 철기린의 마법진이 빛을 머금기 시작했다.

빛이 자라나 앙상한 골격을 감싸 안았다. 마치 빛의 갑옷을 두른 것 같았다.

마주 나가던 러시아 유저들이 정지했다.

이건 아니다!

자신감이 순식간에 사그라들었다, 그 자리를 몹쓸 불길함이 옭아맸다.

이는 러시아유저들이 동시에 느끼는 감정이었다.

게다가 자라난 붉은 오러 덩어리는 다가올수록 그 농도가 짙어졌다.

빛의 갑옷도 그 형상이 또렷하게 자리 잡았다. 아니, 그 크기를 불리고 있었다. 오러의 팽창, 빛의 팽창… 거인으로 자라났다.

거대한 포식자가 다가오고 있다!

등진 석양을 머금은 빛은 강철거인의 실루엣을 따라 붉게 빛났다.

핏물이 뚝뚝 떨어질 것 같은 선명함은 불길함을 가중시켰다.

그렇게 단 한 기의 강철거인임에도 러시아 유저들은 공포감을 느껴야 했다.

한데,

[…매서커다!]

러시아 유저 중 하나가 금지어를 토해내고 말았다.

[…….]

러시아 유저들은 그 자리에 얼어붙었다.

공포를 보고, 공포를 듣고야 말았다!

가느다란 신음이 러시아 통신관을 관통하며 러시아 진영에 저주가 내려앉았다.

피가 멎는다는 게 이럴까.

자신있게 앞으로 나아가던 러시아 유저들은 이미 걸음을 멈춘 상태다.

도저히 매서커를 뚫고 유적 지대까지 들어갈 자신이 생기지 않았다.

러시아 유저 가운데 스페츠나츠들은 그 정도가 더했다. 눈앞에서 불길한 붉은 날을 두 줄기 피워 올린 강철거인이 다가올수록 피가 타들어갔다.

자신들을 사냥하던 포식자가 이제 당당하게 자신들을 학살하겠다고 다가오고 있음이다.

그랬다. 그동안 숲이 자신들을 지켜주고 있었던 것이다.

살육자 대령도 매서커를 어쩌지 못한 것이리라.

그러나 지금 그들을 지켜줄 숲은 없다.

매서커의 상체가 앞으로 구부려졌다.

스스스스슷—! 스와앙—!!!

빛이 팽창이 있었다.

눈앞에 붉은 궤적이 춤을 추기 시작했다.

츠츠츠츠츠춧—

붉은 궤적이 횡으로 대기를 가르고 러시아 진영을 덮쳤다.

무기와 강철거인이 한 덩이가 되어 무음으로 분리되었다.

순식간에 일곱 기의 강철거인이 대파되어 널브러졌다.

뒤늦은 단말마의 비명이 통신관을 가득 메웠다.

이것이 시작이었다, 학살의……

러시아의 강철거인 중 단 한 기도 유적 지대 안으로 들어갈 수 없었다.

매서커 지오님이 몰살자 타이틀을 획득했습니다.

\*　　　　\*　　　　\*

러시아의 패배가 확정된 직후 러시아 군 형무소에서 대규모 폭동이 일어났다.

폭동은 삼 일 밤낮으로 이어졌고, 진압이 되었지만 수백 명이 죽고 수십 명이 실종되었다.

그 실종자 가운데 대령이라는 별칭을 가진 자가 있었다.

# Act 00
## 블러드 로드 대 리치 로드

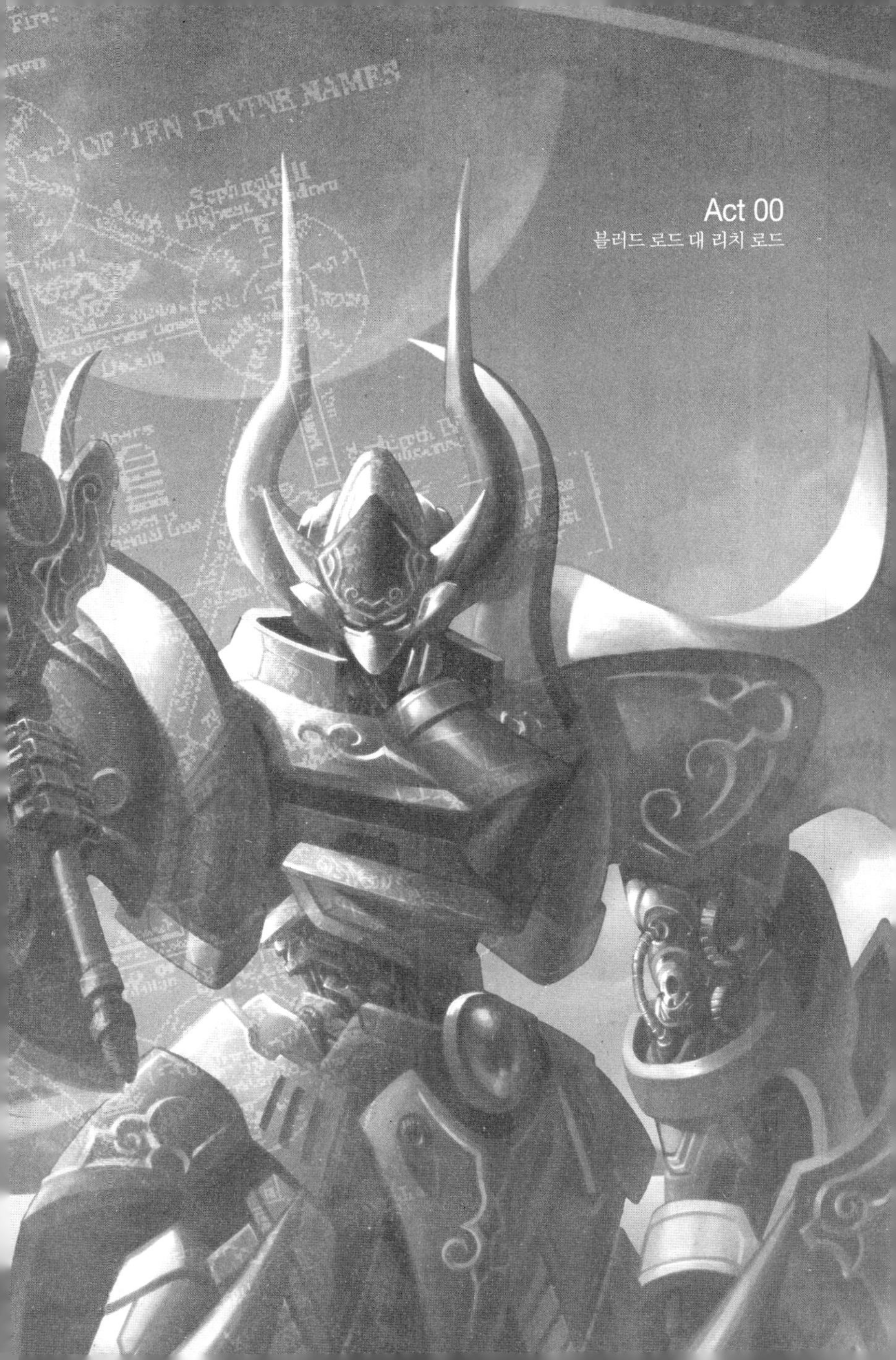

機甲戰記
Massacre
기갑전기 매서커

　불길한 붉은 운무가 구체로 화해 들어 올려진 나와 치리를
휘감았다.

　그런 나와 치리를 향해 수많은 마력체들이 휘몰아쳐 왔다.

　파광— 팟팟!!

　파스스스스—!

　눈부신 섬광과 편린이 붉은 운무를 뒤덮었다.

　그럼에도 붉은 운무 속의 나에겐 어떠한 영향도 주지 못했
다.

　전직 시 생성되는 특유의 무적 상태가 펼쳐졌음이라.

# Quest

**블러드 로드.**

'스스로의 선택으로 피의 길을 걸으려 함이니, 모든 만월의 일족은 그를 경배할지니.'

인간인 당신은 오로지 당신의 선택으로 뱀파이어 퀸의 피를 받아들였습니다.

…당신이 선택한 길입니다.

당신은 이제부터 피의 군주, 블러드 로드가 되었습니다!

# Quest

**블러드 로드의 권능.**

…….

# Item

**타르타로스 망토.**

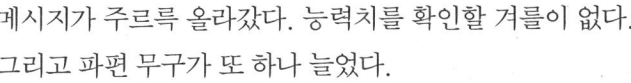

파편 무구.
권위의 상징으로, 무기가 아님. 레벨, 스탯 제한 없음.
공격력:없음. 내구도:무한.
타르타로스 망토는…….

메시지가 주르륵 올라갔다. 능력치를 확인할 겨를이 없다.

그리고 파편 무구가 또 하나 늘었다.

그것을 아는지 모르는지 적들의 공격은 무차별적으로 몰아쳤고, 리시버를 통해 행사장의 술렁거림이 전달되어 왔다.

"파편 전쟁이다!"

"리치 로드다! 분명 리치 로드야! 어떻게 된 거야?!"

"이거, 이벤트 확실하게 하는데?"

파편 전쟁이라는 외침이 다른 행사장까지 전해졌는지 갤러리들의 웅성거림은 점점 커져만 갔다.

"밀치지 마요."

외부 소란은 더욱 커져만 가고 있었다.

"강제 종료시켜?!"

"안 돼요. 이미 연결이 끊어진 상태예요."

당황한 진행요원들의 외침이 오갔다.

순간, 파앗ㅡ 하며 외부와 연결된 리시버가 꺼져 버렸다.

이제 외부의 소음은 더 이상 들리지 않았다.

그저 실제 공기를 통해 들려오는 군중들의 웅성거림만 들릴 뿐이었다.

순간 등 뒤로 허전함이 느껴졌다.

"......!"

치리가 미세한 빛의 입자로 화해 대기 중으로 녹아들고 있었다.

쏴쏴쏴—

바스러진 빛의 입자는 정수리를 통해 꾸역꾸역 스며들었다.

동화율이 오락가락거리며 이에 모든 스탯치가 뒤죽박죽으로 오르락내리락거렸다.

두통이 엄습해 왔다.


전직을 마치고 땅 위로 내려서자 어느새 머리카락이 어깨까지 자라 있었고, 머리색은 변해 버렸다.

은발!

달빛을 받아 은은한 붉은빛이 흘렀다.

핏기없는 피부는 그대로인데 손바닥은 피를 머금은 것처럼 붉었다.

귀까지 올라오는 붉은 망토가 걸쳐진 채 은은하게 재질 불명의 불길한 윤기를 발했다.

고개를 들어 전방을 바라보았다.

당황한 적들이 주춤주춤 뒤로 물러나고 있었다.

제일 당황해하는 얼굴로 손가락으로 나를 가리키는 리치 로드, 배반의 장미가 눈에 들어왔다.

하지만 눈빛은 이미 침착함을 회복한 상태였다.

대단한 여자.

"무적 상태가 풀렸다! 죽여!!"

뱀파이어들을 도륙하던 기사 다섯 명이 눈에 불을 켜고 달려왔다.

병장기에 파괴적인 오러가 피어올랐다.

단숨에 두 동강 내버릴 기세에 조여오는 방위도 좋다.

상체를 앞으로 숙이자 수욱— 하며 잔상을 뿌리며 이동했다.

단 두 걸음을 디뎠다고 생각했는데 어느새 10미터 앞이다.

자신만만하던 기사가 움찔하며 놀라 물러섰다.

상대의 무기를 쥔 손을 잡았다. 그리고 외쳤다.

"종속된 피!"

상대의 심장 고동이 느껴졌다.

"크으……."

강제 종속에 성공했습니다.

적의 눈에 '어어' 하는 당황함이 역력했다.

링크가 연결된 게 느껴졌다.

머리를 제외한 그 아래쪽의 신체는 나에게 귀속되었음이다.

나는 수적으로 열세다. 그리고 다른 만월의 일족이 나를 도와 나서줄 것 같지도 않다.

그래서 '나'를 하나씩 늘려 나가기로 했다.

고개를 갸웃하자 내 몸은 잔상을 뿌리며 물러났다.

"으으……."

"이봐, 왜 그래?"

"안 움직여……."

"잘 움직이고 있잖… 크헉!"

방금 전 나에게 종속된 기사는 자신을 엄호하러 다가온 동료를 향해 검을 휘둘러 댔다.

부욱—!!

"아악—!!"

"너, 이 자식?! 배신한 거냐?!"

"아, 아냐, 아니라고! 마음대로 움직이고 있어……."

검을 휘두르는 것은 나였다, 그것도 오러를 유지한 채로.

멀티 유저로서 단련된 나다.

그리고 밀리터리 격수인 매서커의 느낌을 뼈에 새겨 넣은 상태.

다시금 적의 심장고동을 찾아 이동했다.

저기 한 명!

그는 동료의 배신이 믿겨지지 않는다는 눈으로 멍청하게 지켜보고 있었다.

붉은 손으로 스치듯이 적의 손을 쥐며 피의 종속을 걸었다.

"…앗!"

떨쳐 내는 몸부림이 그 자신의 의지로 할 수 있는 마지막 행동이리라. 그렇게 또 하나의 내가 느껴졌다.

적들 속으로 보내 버렸다.

나는 장악한 신체를 완벽하게 파악했다.

'쯧, 이것도 오러라고 피워 올렸냐?!'

검에 오러를 두른 정도로 나에게 장악된 녀석이다.

동화율을 끌어올려 녀석에게 집중했다.

'이것이 오러이니라—!'

후우웅—

검끝이 요동치며 3.5미터로 자란 오러가 검에서 피어올랐다.

"허끅!"

그리고 의심없이 그었다.

이상함을 느끼고 물러나던 적 둘이 단숨에 두 부위로 분리되었다.

신체가 장악되어 어쩔 줄 몰라 하던 적과 동료의 검에 자신들이 당해 더욱 어쩔 줄 몰라 하는 적들로 인해 공간은 혼란에 빠져들었다.

"놈의 수작이다. 동료가 아니다! 제압해!!"

"아악!!"

당황함 고함 소리와 비명이 공간을 가득 메웠다.

먹잇감은 넘쳐 났고 내가 선호하는 기사들이 부지기수였다.

물 반, 고기 반!

그 어느 누구도 내 움직임을 따라잡지 못했다.

*      *      *

장내는 엉망진창이었다.

나를 제압하지 못해 적들은 진땀을 흘렸다. 수십 명이 달려들어 하나를 제압하면 다시 두세 명의 내가 늘어났기에.

그렇게 열두 명의 블러드 나이트를 확보하였다.

리치 로드가 움직였다.

"…지저분해서 못 봐주겠군요. 내가 해결하겠어요. 모두 물러나요."

기사들은 리치 로드에게 목례를 하고는 곧 통로로 흩어졌다.

공간은 나와 리치 로드, 그리고 나의 분신인 열두 명의 블러드 나이트만 남게 되었다.

리치 로드는 자신감이 넘쳤다.

"소환, 구울 나이트, 스켈톤 나이트, 데스 나이트."

그녀는 리치 캐릭 특유의 소환체들을 불러냈다.

쿠르릉— 퍼쩍!!

곧 리치 로드를 중심으로 석판을 뚫고 소환체들이 일어났다.

그 수는 수십 마리가 넘었다.

소환체들은 모습을 드러내며 하늘을 향해 괴성을 토했다.

크와아아아아아—

그러고는 동공이 뻥 뚫린 눈으로 나를 주시했다.

모두 언데드… 피의 종속이 먹히지 않는 존재들이라.

역시 몬스터 로드가 된 시기가 빠른 만큼 능력이 달랐다.

잡몹을 상대로 힘을 빼려 함이었다.

'…그렇게는 될 수 없지.'

그녀를 향해 달려나갔다.

"막아!"

그녀의 입에서 위엄이 담긴 일갈이 터져 나왔다.

열두 명의 블러드 나이트와 언데드 나이트들이 격돌했다.

부우우우웅— 챠창!

칙칙한 은빛 궤적과 형형색색의 오러가 엉기며 충돌했다.

나는 배반의 장미를, 리치 로드는 블러드 로드를 찾았다.

그녀는 내가 조금 전 두 동강 낸 기사들을 언데드 기사로 부활시켰다.

모든 죽은 자가 그녀의 전력이었다.

나의 당황함에 그녀의 입꼬리가 살짝 말려 올라갔다.

수적으로 확실히 열세로, 열두 명의 블러드 나이트로 막을 수 있는 한계를 한참을 벗어난 상태였다.

게다가 적의 전력은 점점 불어나고 있다.

만월의 일족까지 부활시켜 칼밥이로 내몰았다.

그녀가 움직이는 걸음걸음에 쓰러진 사체는 어김없이 언데드로 화했다, 피아 구분 없이.

시간이 지날수록 나에게 불리하리라.

결단을 내려야 했다.

언데드 나이트 몇몇이 나를 쫓아 다가와 2미터에 달하는 거검을 장난처럼 휘둘렀다.

부우욱―!!

하나 나의 잔상만 가를 뿐이었다.

나는 어느새 리치 로드 코앞에 당도해 있었다.

상대를 보는 즉시 당도하는 블러드 로드의 권능이었다, 하루에 단 한 번 가능한.

두 눈이 휘둥그레진 배반의 장미가 눈앞에 있었다.

코끝이 닿을 정도의 거리.

비록 가상이고, 언데드지만 여자를… 때릴 순 없다!

하나 들이받을 순 있지.

상체를 뒤로 젖혀 냅다 찍었다.

퍼억—!

…돌을 들이받는 느낌이 전해지며 골 안에 종이 울리는 것 같았다.

'아코, 작전 실패…….'

과연 언데드는 언데드였다.

그녀는 아미만 험상궂게 구겨진 상태였다.

다음 작전으로 이행했다.

재빨리 배반의 장미의 손을 잡았다, 양손 모두.

아직 블러드 로드의 특성을 파악하지 못한 내가 불리한 상황.

그에 비해 이미 언데드들을 수십 마리나 소환한 배반의 장미였다. 죽여도 다시 살려내리라.

손을 빼려는 배반의 장미를 우악스럽게 잡고 놓아주지 않았다.

"…음?"

순간 배반의 장미의 두 눈이 사납게 치켜 올라갔다.

골이 흔들리는 충격이 있어서인가?

…아니었다.

"…이 느낌, 분명 그때 그놈… 그럴 리가?!"

헉! 손을 잡자마자 나의 정체를 간파하다니.

나는 어설프게 미소를 지었다.

"너, 너?! 맞구나!"

"……."

충격을 받은 상태에 빠져서인지 다가오던 소환체들이 주춤주춤 제자리에서 두리번대며 머뭇거리기 시작했다.

"놔, 놓으라고. 변태 자식!"

냉정을 잃는 리치 로드, 배반의 장미였다.

사납게 몸부림쳤지만 나는 코끝이 닿을 정도의 간격을 유지하며 놓아주지 않았다.

마치 거울을 마주한 채 펼치는 우스꽝스러운 일인극 같은 그림이 펼쳐졌다.

정지한 언데드 소환체를 대신해 보디가드들이 달려들었다.

"이놈!"

"그분께 떨어져라!"

감각이 좋은 녀석들이었다.

하나 나를 향해 내리찍는 무기의 궤적을 배반의 장미의 눈을 통해 볼 수 있었으니… 눈을 커다랗게 떠줘서 고맙다고나 할까.

등이 파이기 직전에 몸을 180도 틀었다.

슈슉, 퍼억—!

"꺄악—!"

배반의 장미의 입에서 자지러지는 듯한 비명이 터져 나왔다.

수많은 소환체를 유지하려면 그녀 역시 동화율을 끌어올렸으리라.

눈물을 찔끔거릴 게 눈에 선했다.

보디가드들이 급히 뒤로 물러났다.

이어 그저 주변을 맴돌며 분노로 으르렁거릴 따름이었다.

이후 배반의 장미와 나는 친밀한 연인처럼 두 손을 마주 잡고 움직였다.

배반의 장미는 내가 동으로 가면 동으로 움직였고, 서로 움직이면 서로 움직일 수밖에 없었다.

"익, 익……."

리치 로드… 수백, 수천, 수만의 소환체를 부릴 수 있으면 뭐 하나.

나에게 붙들린 상태에선 할 수 있는 게 없다.

그러나 이 상태를 언제까지 유지할 수는 없는 노릇이었다.

난감하기는 나도 마찬가지였다.

리치 로드… 당연히 피 한 방울도 기대할 수 없는 몬스터의 최고봉.

피가 통하지 않는 언데드를 상대로 피의 군주가 할 수 있는 스킬은 한계가 명확했다.

피에 집착할 필요는 없었다.

대신 그만큼 위험한 스킬이었다.

상대에게 우위를 잃어버리면 반대의 결과가 벌어질 위험한 스킬이 블러드 로드의 권능 중에 있었다.

고민할 겨를이 없다.

"권능의 겨룸!"

"권능의 갈취!!"

## Quest

**로드 대 로드.**

'너를 제물로 나는 더욱 강대해지리라—!'

블러드 로드가 리치 로드를 상대로 도전했습니다.

권능과 권능이 충돌합니다.

더 악한 자가 승리합니다.

몬스터 로드 간의 우열을 가려 더욱 강력한 로드로 태어납니다.

그렇다. 리치 로드를 대상으로 로드 배틀을 걸었다.

우우우우우우우웅—

나와 배반의 장미를 중심으로 회오리가 휘몰아치며 보디가드들과 언데드들이 저 멀리 밀려나갔다.

나와 그녀를 중심으로 진공 상태가 만들어졌고, 이내 둘을

허공으로 들어 올렸다.

바닥에 깔린 판석까지 공중으로 떠올랐다.

마주 잡은 손을 중심으로 아크 방전이 일었다.

"…이게 무슨 짓이야?! 중지하란 말이야."

"……."

시킨다고 할 내가 아니었다.

'죽자, 죽어도 같이 죽자!'

우리 사이야 '나 살고 너 죽는' 사이가 아니던가.

역시 그녀는 마이너스 INT 캐릭이었고 나 역시 마이너스 INT 캐릭. 하지만 그녀의 마이너스 INT가 더 높을 수밖에 없다.

그래서인가, 배반의 장미의 입가에 천천히 가느다란 미소가 어리기 시작했다.

"흥, 방금 로드로 전직한 캐릭과 지난 두 달간 수많은 유저들을 제물로 성장한 나와 대적하려 하다니……."

"저랑 손잡아서 득본 일이 없는 걸로 아는데요."

"허세는… 이번만큼은 네놈을 울게 만들겠어."

무시하고 참으로 다정하게 불러보았다.

"장미님?"

"……."

"코에 넣은 실리콘… 돌아가지 않았어요?"

"이익, 재수없어―!!"

"어쩌죠? 저 한 재수 하는데."

기분 나쁘라고 길게 웃어주었다.

밉다기보다는 왠지 놀려주고 싶은 여성이었다. 그녀 덕에 나는 결과적으로 돈 방석에 앉았으니…….

그녀가 발악하듯이 외쳤다!

"죽어버려ー!"

후우우웅ー!

마주 잡은 손을 통해 송곳이 파고들어 오는 것 같은 고통이 밀려왔다.

냉정을 찾았음인가, 그녀의 신호등 같은 두 눈에 자신감이 자리 잡았다.

맞잡은 손을 중심으로 회색의 서리가 무럭무럭 피어올랐다.

자신이 보유한 스탯으로 밀어 붙이기 시작했다.

맞잡은 손이 얼어붙었다.

으스스한 찬 기운이 손바닥을 거쳐 심장까지 스며들었다.

차가운 손이 펄떡거리는 내 심장을 쥐어왔다.

"으헉!"

나는 그 강력한 힘에 깜짝 놀랐다.

'이 누님… 독하게 플레이했구나.'

그녀의 동화율도 대단했다.

그리고 진지했다.

하나 곧 그녀의 아름다운 얼굴은 걸레처럼 구겨질 수밖에 없었으니, 자신이 밀어 넣는 스탯만큼 내가 밀어 넣었기 때문이다.

하나 그녀의 두 눈에 새파란 귀기가 피어올랐다.

"죽어! 죽으라고!! 죽으란 말이야!!! 차갑게 식은 심장—!"

그녀의 절규 같은 외침과 동시에 웅혼한 힘이 가세했다.

솨솨솨솨솨—!!!

얼음같이 차가운 손이 내 심장을 움켜쥐었다.

쿵딱쿵딱— 쿵딱쿵딱— 심장 뛰는 소리가 들려왔다.

이빨이 달달 떨려왔다.

장난이 아니다.

그녀도 나처럼 가상이 현실이었다.

정말로 터뜨릴 것 같은 공포가 느껴졌다.

분명 살아 있는 심장의 고동을 느끼고 있을진대.

'…지독한……'

심장박동이 서서히 줄어들었다.

콩딱콩딱, 콩딱콩딱— 심장 소리가 줄어들었다.

숨이 턱에 차올랐고, 산소를 공급받지 못한 뇌가 부글부글 끓어올랐다.

심장엔 얼음이, 뇌엔 용암이.

장미가 잔잔하게 속삭여 왔다.

"죽어, 제발 죽으라고…….”

“……으.”

“몰려오는 죽음의 안식.”

“…….”

거부할 수 없는 유혹이 뿜어져 나를 덮쳤다.

졸음이 몰려왔다.

보유한 스탯은 이미 고갈되었다. 실비가 남긴 스탯으로 간신히 버티고 있다.

실비?!

순간 자그마한 체구의 소녀가 떠올랐다. 망토를 짜는 자그마한 손… 외톨이.

그녀는 빛의 입자로 화해 내 안에 있다. 내가 죽으면 그녀도 죽는다.

그렇다, 다시 볼 수 없다!

나를 보호하며 일주일간을 버텨낸 그녀를 다시 볼 수 없다니!!

눈에 빛 한줄기가 들어왔다.

승기를 잡은 장미의 눈에 짙은 조소가 맺혔다. 특유의 내려다보는 눈이 내 안에 가라앉은 의지를 일깨웠다.

그래, 실비는 절대 굴하지 않았어!

나는 굴복하지 않아, 아니 굴복할 수가 없어.

실비의 이름으로 굴복시키리라!

동화율을 일으켜 바미 안에 있는 깊은 잠에 든 매서커를 흔들었다.

'일어나, 일어나라고―! 깨어나서 나를, 너를 구하라고!!'

실비의 마지막 스탯을 거기에 쏟아부었다.

절규하듯이 외쳤다.

"분노의 피! 분노한 영웅의 피!!"

바미 안의 영주 매서커가 눈을 떴다.

"용암처럼 뜨거운 피―! 스탯 부여!!!"

심장이 뜨겁게 뛰기 시작했다.

자신만만하던 장미의 눈이 신호등처럼 커졌다.

"……!"

100포인트를 밀어 넣으면 100포인트를 밀어 넣었고, 1,000포인트를 밀어 넣으면 1,000포인트를 밀어 넣었다.

나에겐 마르지 않는 샘이 있었다.

그 샘과 연결되었다.

그렇다. 매서커가 보유한 영주 포인트가 내 뒤를 받쳐 주고 있음이다.

심장을 쥐고 있는 죽음의 손을 잘랐다.

"…아악!"

송곳이 파고드는 고통 속에서 승리의 미소가 피어올랐다.

반면, 배반의 장미의 얼굴은 점점 굳어졌다.

"…이럴 수가?! 어떻게… 이건 사기야!"
승리의 찬가가 귀가에 울려 퍼졌다.

참, 딱도 하우!
그러게 건들긴 왜 건드려?!

# Act 01
## 흐르는 섬의 주인

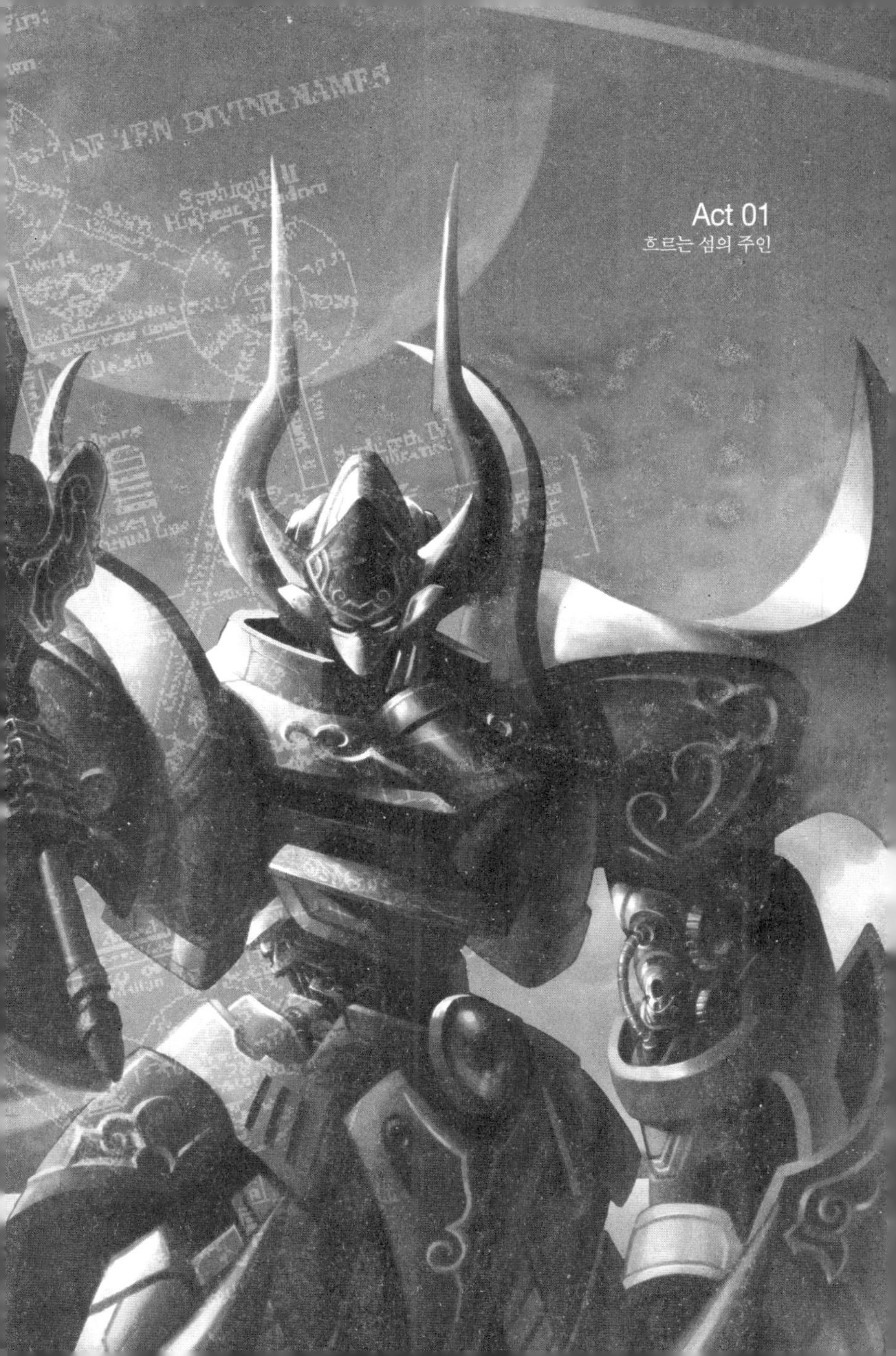

機甲戰記
Massacre
기갑전기 매서커

흐르는 섬이 Part 2로 이전했습니다. 연결 거점 도시를 지정해 주십
시오.

"바미안!"

바미안 영지와 흐르는 섬이 연결되었습니다.

수많은 보상 메시지와 상태창이 이어졌지만 나는 접속을
종료하고 파노라마 가상 단말기에서 현실로 나왔다.
행사장… 주변은 고요하기만 했다.

숨죽인 시선들이 나를 향하고 있었다. 기백이 넘은 관객들은 내가 나오기만을 기다리고 있었다.

팬텀 분장이 지금만큼 고마울 줄이야.

어느새 코앞까지 인파가 몰려와 있었다.

얼굴이 화끈거려 왔다.

추 주임과 지은이는 인파에 가려 어디에 있는지 보이지도 않았다.

단상 위의 나레이터 모델이 옆에서 신호등 같은 눈을 껌벅이며 멋쩍게 서 있었다, 이 각본없는 사건을 어떻게 수습할지 몰라 우물쭈물하며.

결자해지라, 현실에서 할 일을 마무리 지을 때였다.

나는 한 손을 들어 맨팔을 관객들에게 드러냈다.

그리고 외쳤다!

"고어 엔진, 최고예요!"

"와아아—!!"

행사장이 떠나갈 듯한 함성과 박수가 터져 나왔다.

환한 미소를 지었지만 등골을 타고 식은땀이 흘러내렸다.


행사장에는 리치 로드를 제압하는 장면이 편집되어 반복해서 보여지고 있었다.

그리고 곧 가상 박람회 사상 최고의 이벤트로 알려졌다.

인산인해.

기자들까지 행사장에 진을 치다시피 하며 또 하나의 몬스터 로드가 처단되었음을 E&T 유저들에게 알리기에 여념이 없었다.

이에 나의 역할은 급변경되었다.

더 이상 연기를 할 필요가 없어졌다. 하나 패텀 분장은 여전히 유효했다.

행사장 입구에 마련된 임시 매대가 현재 내가 있는 자리였다.

상기된 표정의 유저가 구매한 패키지 상자를 내려놓고는 나를 바라보며 울 것 같은 표정을 지었다.

"동신(同神) 팬텀님, 사인 부탁합니다."

동신?

유저들이 '동화율의 신'을 줄여 내게 붙여준 별칭이다.

마음에 들지 않아도 내가 정할 영역이 아니니 어쩌겠나.

나는 사인펜으로 고어 엔진 패키지의 한 면 여백에 '팬텀, 아무개님에게 동화율의 폭주를 기원합니다'라고 휘갈겨 썼다.

"…감사합니다. 사진도……."

나는 고개를 끄덕이며 자리에서 일어나 유저와 나란히 서 악수를 했다.

카메라 플래시가 터졌다.

즉석 사진을 받은 유저는 패키지를 트로피처럼 흔들며 다른 이들에게 자랑하며 사라졌다.

"야호, 네 시간 만에 사인받았어!"

이어 나는 다시 새로운 유저를 상대로 사인하고 사진 박고…….

그렇다. 고어엔진을 현장 구매한 유저들에게 사인을 해주고 그들과 사진을 찍는 게 지금 내가 하고 일이었다.

줄이 길게 이어졌고, 나눠 준 번호표에 웃돈이 붙은 채 거래되고 있을 정도였다.

원래는 하루에 3백 개의 고어 엔진을 파는 게 회사의 희망찬 목표였다.

하나 지금 나로 인해 절로 회사 홍보가 되었고, 현장 판매가 시간당 1백 개씩 이뤄지고 있다.

회사 관계자들은 나와 어쩌다 눈만 마주치면 엄지손가락을 치켜세웠다.

왜 아니 그럴까.

Part 2로 이전한 영웅이 자신들의 고어 엔진을 사용했다고 공개적인 자리에서 시연으로 증명했다.

자동 언론 홍보에 엄청난 현장 판매까지 이뤄졌으니… 위기에 처한 회사를 구원한 천사가 바로 나란다.

하나 지금 그 천사의 손은 감각이 없다.

손독으로 손이 퉁퉁 부어오른 것이었다. 장갑을 착용했지만 유저들이 꽉 쥐고 흔드는 통에 튼튼한 내 손이 곤욕을 치르고 있는 셈이었다.

하지만 나는 아픔을 참아내야 했다. 내 사인이 들어간 패키지 하나당 10%의 판매 수당이 책정되어서다.

즉, 내 사인이 들어간 패키지 하나에 2만 7천 원이 내 몫으로 떨어진다.

대중들 앞에 나선 대가를 톡톡히 치르고 있는 셈이다.

그리고 이 전쟁통에 신이 난 사람은 따로 있었다.

"다음 분~"

지은이었다.

행사장 질서 정리 요원으로 채용되어 줄을 세우거나 번호표를 나눠 주는 것이 그녀의 역할이었다.

물론 내가 그녀의 오빠라는 사실을 철저히 함구시켰다.

나는 동신 팬텀이 현실로 연결되기를 바라지 않는다.

가상의 영웅은 가상에서 살아야 하는 것이다. 현실에서 유저들을 만나는 것은 유희라, 돈 버는.

잠깐 생각에 빠져 있는 사이 또 한 명의 고객이 눈앞에 서 있었다.

"패, 팬텀님… 사인 좀…….."

"……!"

뜨헉―!

비명이 터져 나올 뻔했다.

눈앞에는 듬직한 체구의 익숙한 인물이 서 있었다.

큰곰이었다.

"…감명받았습니다. 당신은 진정 한국 E&T의 구세주이십니다."

"아, 예."

형, 나야, 나! 지오야!

뒷머리를 긁으며 눈만 껌뻑껌뻑 거렸다.

과연 눈치없는 큰곰이다.

"사인 부탁합니다."

그는 이내 꾸뻑 절하며 세 개의 패키지를 내려놓았다.

"소장용이 아닙니다. 선물할 겁니다. 여기에 선물할 이름이 있습니다."

"……!"

아, 감동이었다. 내 이름이 그중에 포함되어 있었다.

그러자 옆에 있던 지은이가 도끼눈을 뜨고 참견했다.

"사인은 본인 한 명에 한정됩니다."

큰곰이가 쩔쩔맸다.

"…그래도, 어떻게……."

나는 빠르게 세 개의 상자에 사인을 했다.


팬텀, 지오님에게 동화율의 폭주를 기원합니다.


내가 나를 위해 사인을 하는 기분은 뭐랄까… 묘했다.

이어 큰곰이와는 어깨동무를 하고 사진을 찍었다.

세 개를 구매한 대고객에 대한 배려라면 배려였다.

큰곰이는 사진을 들고 여느 고객처럼 신이 나서 돌아섰다.

"헤헤헤, 지오에게 따따블로 받아야징—"

"끙……."

'…그러면 그렇지.'

손에 든 사인펜을 큰곰이에게 집어 던지려다 가까스로 참
았다.


'날 상대로 한정판을 팔아보시겠다?! 주거쓰, 큰곰이.'


*　　　*　　　*


행사 마지막 날.

사인을 받으려고 늘어선 줄은 전혀 줄어들 기미가 보이지
않았다.

이미 입소문을 탄 뒤라 가상의 영웅을 현실에서 보고 싶어
서였다.

그런 내 앞에 선글라스에 정장 차림의 미모의 여성이 나타
났다. 그녀는 검은 정장 차림의 여성 경호원 한 명과 대머리
떡대 경호원 한 명을 대동하고 있었다.

"……!"

다름 아닌 배반의 장미였다.

현피를 뜨려면 오늘이 마지막 기회이리라.

그녀는 선글라스를 약간 앞으로 내리며 나를 노려보았다.

그러곤 살짝 미소를 지었다.

살짝 핀 장미꽃이 연상되었다.

"우리, 어디서 봤죠?"

"…그런 영광은 없었던 것 같습니다."

시침 뚝, 오리발을 내밀었다. 당당하게!

지켜보는 사람이 오죽 많은가.

"그런가요? 축하해요."

"아, 예. 감사합니다."

"사인을……."

나는 그녀가 내민 패키지 여백에 급하게 사인을 했다.


팬텀, 장미님께 동화율의 폭주를 기원합니다!


그녀는 패키지를 여성 경호원에게 넘기며 말했다.

"제 아이디를 말한 적이 없는데, 참 신기하죠?"

"……."

젠장, 이 아줌마야! 현피를 뜨려면 뜨자고!

"아무튼 지나간 일은 지나간 일이니… 신경 쓰지 않겠어
요."

"예?! 예."

왠지 모르게 더욱 불안해지는 쿨한 태도였다.

나로 인해 그녀가 입은 손해가 얼마인지 짐작이 가지 않는다.

기반이 빈약한 내가 이룬 부를 감안하면 그 손해가 막심할 터인데…….

그녀가 내게 손을 내밀자 나는 자연스럽게 내민 손을 마주 잡았다.

부드러운 손을 통해 체온이 느껴지는 게… 기분이 묘했다.

…이건 아닌데…….

화해의 의미로 받아들여졌지만 맞잡은 손이 떨어지자 묘한 불안감이 엄습했다.

심장이 콩딱, 콩딱… 대책없이 두근거렸다.

그런 나를 보는 그녀의 미소가 묘했다.

손을 놓자 그녀의 표정은 싸늘하게 돌아왔다, 마치 거짓말처럼.

그녀는 내게 명함 한 장을 따로 건넸다.

"정식으로 초대합니다. 응하지 않는다 해도 이해해요. 하지만 저 같으면 기회를 놓치지 않겠어요."

"……."

그녀가 내민 명함엔 '버츄얼 엔터테이먼트 기획총괄이사'란 직함이 박혀 있었다.

연락처 없이 주소만 나와 있는 명함… 직접 찾아가야 함이
다.

그런데 버츄얼 엔터테이먼트라고라?!!

뜨허! 역시 그녀는 거물이었다.

오직 가상의 스타들을 발굴하고 홍보하는 가상전문 대형
광고기획사다.

현실의 스타는 취급하지 않는다. 오직 가상의 세계에서 스
타를 발굴하고 가상의 세계에서 활동하게 한다.

이 회사 소속으로 한국이 배출한 랭커들이 수없이 포진해
있다.

가상 플레이어라면 누구나 선망하는 기업이다.

'…이사라……'

그녀를 지키려는 맹목적인 추종자들이 많은 이유를 알 것
같았다.

그녀가 자신만만하게 말했다.

"그럼, 연락 기다리겠어요."

"……."

그녀는 매력적인 미소를 지으며 돌아섰다.

뭘 제시하든 고민할 필요가 없었다.

'엮이지 말자!'

그렇게 다짐했다.

가상의 인간은 가상에서 살아야 한다.

현실로 나오는 순간 가상의 나는… 죽을 것이기에.

멍해 있는데 그녀가 갑자기 홱 돌아섰다.

갑작스럽게 밀려오는 박력에 순간 움찔하고 말았다. 속마음을 들킨 게 아닌가 싶었다.

"…방문하겠습니다. 꼭!"

기어가는 목소리로 속마음을 숨겼다.

한데 그녀는 자신의 코를 가리키더니 말했다.

"자연산이에요!"


…우짜라고?!!

Act 02
그랜드 퀘스트

機甲戰記

Massacre

기갑전기 매서커

"룰루랄라~"

작업장으로 향하는 내 발걸음은 가볍기만 했다. 왜 아니 그럴까.

이 몸이 리치 로드를 처단했고 Part 2와 관련된 신규 던전을 열 수 있는 자격을 획득했다.

누가 감히 내 앞을 가로막을 수 있으랴.

게다가 가상 단말기를 업그레이드할 수 있는 패키지를 한 가득 받았다. 패키지는 내가 분한 팬텀의 얼굴이 커다랗게 박혀 있는 신제품이었다.

내가 세일즈 포인트가 된 것이다.

선전 문구는 이러했다.

동신이 애용하는 가상 에드웨어.

동신이 누구냐고?

바로 이 몸을 두고 하는 말이다.

첫날의 그 난리를 거친 후 나는 '동화율의 신'이라는 뜻으로 '동신(動神)', '화신(化神)'이라 불려지게 되었다.

…쑥스럽게시리.

그 덕에 가상 단말기 세팅에 관한 은밀한 노하우를 연구소 측을 통해 얻을 수 있었다.

내년에 상용화될 기술을 먼저 체험하는 것이리라.

작업장의 유리 돔이 눈에 들어왔다.

마이 스윗 오피스!

행사장에서 내 사인을 받아 가려고 줄을 선 큰곰이의 얼굴이 자연스럽게 떠올랐다.

내 손을 잡고 얼마나 감격을 하던지… 거참.

동화율의 축복을 기원하던 그 당사자가 나라고 밝히면 어떤 표정을 지을까?

크크크.

자, 그럼, 동신님 행차시오ㅡ!

패키지가 등과 양손에 가득히 들려 있기에 작업장 문을 엉덩이로 밀고 들어서야 했다.

엉덩이를 비비적 들이밀며 사투리와 국적 불명의 인사를 날렸다.

"행니임드을, 오~하아요오―"

응?! 뭐지?

이 썰렁한 느낌과 무수한 시선들의 정체는?

곳곳에서 들리는 피식거림과 어이없음을 토로하는 시그널들은?

낯선 인기척들로 공간이 가득했다.

"큭큭."

"킥킥."

천천히 몸을 돌리자 나를 향한 채 무수한 인물들이 있는 것이 아닌가.

'…뭐야, 이치들은?'

다양한 연령대에 다수의 여성들까지 포함된 개성 넘치는 차림의 인물들로, 무려 30여 명이나 되었다.

전체적인 분위기는 그리 험하지 않다.

지금 이들의 시선은 나보다는 내 손에 들린 '동신 패키지'에 더 많은 시선이 향하고 있었다.

'선수들!'

하나 면면들이 멤버로 고용하기엔 과한 카리스마를 풍기는 인물들이잖은가.

내가 큰곰이에게 눈으로 물으니 그제야 큰곰이 머쓱하게 손을 들어 올리며 무게 잡는 식의 중저음으로 말했다.

"흠흠… 왔냐?! 저 친구가 우리 작업장 막내인 지오입니다. 보시다시피… 싱거운 놈입니다."

끄응… 부인할 수 없군.

큰곰이의 소개에 걸걸한 목소리가 뒤따랐다.

차림이 사극풍으로, 모인 이들 중 제일 눈이 가는 사람이었다.

"강호에 키 큰 친구가 다 그렇지. 우리 세계에 오면… 팔이 늘어진 게 완벽한 검객의 체형인데 말이지. 쩝."

첫말과 뒷말의 뉘앙스가 극과 극이었다. 첫말이 예의상 그러려니 하는 말이라면 뒷말의 뉘앙스는 몹시 탐이 나며 아주 안타깝다는 듯한 느낌이랄까.

그런데 강호? 우리 세계라니? 검객이라고라?

여하튼 목소리의 주인공은 파르스름한 민머리에 덩치가 가히 산만 한데다, 제일 인상 깊은 점은 뭐니 뭐니 해도 두툼한 눈썹이리라.

두 눈썹이 눈사람에 엄지손가락 굵기의 숯검댕이를 붙여 놓은 것같이 도드라져 있었다.

무협 드라마의 악당 두목 이미지가 바로 저 얼굴이리라.

아, 그렇다! 어디서 많이 보았다 했는데… 달마도에 나오는 그분이 아닌가?!

게다가 진녹색 장포라니?! 저런 차림으로 다니고 싶으실까?

그러고 보니 그를 중심으로 개량 한복(韓服)이나 개량 화복(華服) 차림의 비슷한 인물들이 많았다, 굵은 눈썹의 의상에 비해 심하게 티가 안 날 정도의 차이로.

나는 두 손 가득 든 선물을 내려놓고 그제야 모인 사람들의 견면을 살폈다.

어디 보자… 다들 시쳇말로 한칼 할 것 같은 분위기를 팍팍 풍겼고, 구석에 붙어 있는 듯 없는 듯해 보이는 인물까지 눈빛이 깊었다.

그랬다. 전장을 거친 고참병들 같은 분위기가 이들을 지배하고 있었다.

…한데 저, 저놈!

두 곰이를 물 먹이려고 했던 바로 그놈이 아닌가?!

왜 있잖은가? 캐릭 육성을 빌미로 두 곰이를 물 먹이려 했던 양아치 후배.

나는 어떻게 된 일인지 영문을 몰라 작은곰이를 찾았다.

작은곰이는 나의 눈빛에 어깨를 으쓱하며 눈썹 굵은 이에게 시선을 돌렸다, 그가 모든 것을 설명할 것이라는 듯이.

기다렸다는 듯이 송충이눈썹이 말했다.

"강호 동도 여러분, 모임을 주최한 태극작업장 공장장 두 주먹 불끈입니다. 갑자기 주최한 모임에 이렇게 한 분도 빠짐

없이 참석해 주셔서 감사합니다. 거두절미하고, 그만큼 우리
가 절박하다는 이야기이기에 씁쓸할 따름입니다. 그렇습니
다. 작금에 이르러 모 방파의 패악으로 강호 의기가 크게 흔
들리고 있습니다."

와, 거창하다. 그리고 방파니 강호니 하는 낯선 단어들의
연결.

그는 잠시 뜸을 들였다.

내 짐작대로 이들은 작업장의 업주, 시쳇말로 '공장장' 들
이었다.

그럼 이들이 왜 모였을까. 그리고 모임의 장소가 왜 우리
작업장인지 곧 이해가 되었다. 바로 아래층의 거대 작업장 때
문에 모인 것이리라.

"더 이상 참을 수가 없습니다. 바로 이 밑에 자리한 작업장
때문에요."

역시 그렇군.

아무튼 모임을 주최한 이유가 길게 이어졌다.

"패악도 이런 패악이 없습니다. 있을 수 없는 일의 연속입
니다."

그렇게 사파의 준동 운운 식의 무협 용어가 태반인 대략적
인 브리핑이 이어졌다.

결론은 아래 자리하신 초대형 방회께서 군소 방파의 문도
들을 싹슬이 헤드헌팅을 하시어 군소 방파의 존립이 흔들리

고 있다는 것이었다.

아마도 우리 형제 작업장이 그 명가의 고명한 수법에 당한 직접적인 피해자일 것이다.

일층에 떡하니 버틴 로비에서부터 떡대 보안요원들이 진을 치고 방문객들의 내방 이유를 일일이 캐물었다.

당연히 올려 보내지 않았고, 나중엔 중간에 가로채는 식으로 지원자들을 고용해 버렸다.

그러니 아무리 작업장 멤버를 구하려고 해도 구할 수 없지 않았던가.

고생대 테러로 응징했지만… 미칠 것 같은 두 달을 보내야 했다.

이제는 멤버 충원을 포기한 상태.

여기 모인 공장장들은 최소 일이백 명의 멤버를 돌리던 작업장주들로, 결국 이들에게까지 불똥이 튀어갔음이다.

군소 작업장의 코어 멤버들을 대형 작업장이 스카웃해 버렸으니 작업장의 입장에선 제대로 수익을 기대할 수 없게 된 것이다.

"…제 이야기는 여기까지입니다. 이제 다른 분들의 이야기를 들어보죠."

말이 끝나기가 무섭게 하관이 긴 양아치 '긴사장'이 나섰다.

"베테랑 멤버를 스카웃해 가는 건 불만이지만 업계에 공공연한 관행이니 그러려니 칩시다. 한데 새 멤버를 충원해 두 달 동안 가르치고 감각을 키워냈는데 바로 그 다음날 스카웃 해 가버렸어요. 이건 아니잖아요."

다들 공감의 사인을 보냈지만… 쯧쯧, 자업자득이지.

초짜를 쥐어짜 먹던 양아치로선 작업장 존립이 걸린 문제 이리라.

하나 내 생각과는 별개로 다들 분노로 눈빛이 이글거렸다.

거대 작업장의 횡포를 성토하는 공장장들의 이야기가 뒤 를 이었다.

그렇게 분노의 분위기는 점점 고조되었다.

작은곰이마저 주먹을 불끈 쥐고.

…아니, 그래. 여기 모여서 뭘 어쩌자고?

뭐, 고생대 신사를 키워오면 책임지고 투하해 줄 용의 는…….


*         *         *


분위기가 고조되자 공장장들끼리 별별 이야기가 오갔다.

"…이게 다 빌어먹을 E&T 때문입니다. 거대 작업장에 전 적으로 유리한 시스템 때문이라고요."

아니, 엄한 게임은 왜 언급해?!

나 그걸로 먹고살거든?!

"어쩔 수 없지. 국가 대항전을 염두에 두고 있다 하니까."

"중국 작업장과 경쟁 안 해도 된다고 좋아했는데… 제길."

그렇다. 말이야 바른말이지, E&T는 확실하게 중국 작업장의 침투를 걱정 안 해도 된다.

이십만, 삼십만의 멤버를 돌리는 중국 작업장과 경쟁할 필요가 없다는 이야기였다.

중국 작업장과의 경쟁에서 살아남을 수 있는 작업장이 과연 대한민국에 몇이나 될까.

이야기가 다른 쪽으로 흐르려 하자 다시 송충이눈썹이 나섰다.

"자자, 이제 여러분들을 모이게 한 목적을 이야기해도 되겠군요. 그렇습니다. 우리는 경쟁자임과 동시에 동업자입니다. 하나 지금 거대한 공동의 적을 앞에 두고 있습니다."

"……."

"우리 작업장의 경우, 무협 가상 게임인 '기환선'에서 정예 멤버 300명으로 중국 작업장과 경쟁해서 그들을 제치고 살아남았습니다."

오, 그는 큰곰이 자랑하던 이 업계의 전설이 아닌가.

캐릭명과 별개로 '대마두 노지심'이란 그는 중국 작업장 업계의 기피 대상 수위를 다투는 인사로, 한국에 교두보를 구축하려던 중국 소림사 길드 정예를 단신으로 몰아냈다.

그는 자타가 인정하는 가상 무협 게임의 대가.

그제야 그의 차림과 언어가 이해가 되었다. 한 가상 세계의 대가인만큼 그 세계에 확실히 녹아 있음이리라.

단지 대협의 이미지보다는 녹림산채의 주인 같은 이미지가 선명하다는 것인데… 진지한 눈만은 마음에 들었다.

그의 이야기가 이어졌다.

"하나 지금 남은 작업장의 멤버는 저를 포함해 불과 열여덟 명에 불과합니다. 때문에 하루에 다섯 시간씩 E&T 프로젝트를 수행할 수밖에 없었는데… 프로젝트가 실패하자마자 대다수 멤버들이 이탈했습니다."

그가 수행한 프로젝트가 무엇인지 갑자기 궁금해졌다.

"리치 로드를 보호하며 뱀파이어들을 토벌해야 하는데… 여러분들도 아시다시피 며칠 전에 블러드 로드, 단 한 명에게 대망신을 당하는 것으로 끝이 났죠."

호곡!

그때 조직적인 움직임을 보여주던 이들이 바로 이 노지심 아저씨의 협객들이었다. 어쩐지, 연장을 다루는 게 고전틱하다 했다.

동작의 과장됨이 눈에 확 들어왔다.

그런데 당시에 노지심, 아니, 달마 맹주 같은 보디가드 용병을 본 기억은 없었다.

아니나 다를까.

"정예 멤버를 투입했기에 별로 걱정 안 했는데 E&T에 넘

사벽이 있을 줄이야. 솔직히 직접 나서도 그를 이길 수 있을
지 장담할 수 없는 상대였소."

아이, 쑥스럽게 그러지 마세요.

"이후 프로젝트 수행 보상도 못 건졌고, 멤버들은 멤버대
로 이탈해 버렸소. 대가를 챙기지 못한 건 분하진 않습니다.
제가 아무리 대협 소릴 들어도 멤버들의 급속한 이탈은 제 인
생을 돌아보게 만든 사건이더이다."

한순간 눈빛이 사나워졌다.

하나 당장 아래층에 쳐들어가 이탈한 멤버를 돌려달라고
'추노질'을 선동할 뉘앙스는 아니었다.

"그래서 강호 동도 여러분께 제안하외다. 떠난 멤버들 원
망하지 맙시다. 그들의 건승을 기원합시다."

…대인배다.

"그리고… 우리끼리 뭉쳐 E&T로 인해 생긴 상처, E&T로
보상 받읍시다. 우리 다시 시작하는 거외다."

오옷, 마인드 착실하다.

역시 개념인간은 개념부터 잘 잡는다.

못살게 만든 대상을 상대로 욕하고 멱살잡이를 하기보다
는 잘 먹고 잘사는 모습을 보여주는 게 자고로 제대로 된 복
수가 아니던가.

그런데 어떻게 잘살고 잘 먹는 모습을 만들 것인가.

모두의 시선이 달마 맹주에게 쏠렸다.

"강호 동도 여러분! 아시다시피 아래 작업장은 E&T 전문 작업장임을 내세우고 사세를 키우고 있소이다. 그렇게 하라고 하십시오. 그들 멤버가 많으면 많을수록 더 좋소이다."

"……."

"왜냐고? 바로 우리가 힘을 모아 구축한 장소와 길을 그들이 이용할 수밖에 없게 만들 테니까."

"……?"

"지금 한국 E&T의 중심 도시는 바미안입니다. 바미안이 Part 2의 메카가 될 것임은 당면한 현실이외다."

실제 바미안을 중심으로 새로운 이야기와 서브 퀘스트, 새로운 필드와 인던들이 들어서고 있다, Part 2 선행 영지이기에.

그런 가운데 흐르는 섬까지 붙어버렸다.

Part 1과 전혀 다른 즐길 거리가 생겨났고, 앞으로도 생겨날 것이다.

하나 바미안으로는 아무나 올 수 없게 이 몸이 완벽하게 제한을 걸어놓았다.

정령 나이트를 즐기기 위해 수많은 사람이 오가겠지만 그들에게 허용된 것은 나이트클럽 이용뿐이다.

영주관 밖으로는 나갈 수가 없는 것이다.

아이템을 옮길 수도, 건물을 살 수도 없을뿐더러 새로운 퀘스트를 받지 못하게끔 도시 인공 지능 바미에게 주문을 걸어놓았다.

욕? 배터지게 먹고 있다.

아무튼 바미안을 지키려는 전쟁에 참전하지 않은 유저들은 바미안에 오기 위해 스스로의 힘으로 길을 개척하고 뚫어야 함이다.

달마 맹주는 그 길을 같이 뚫고 선점하자고 하는 것일까?

부리부리한 눈빛은 바미안으로 향하는 길목에 녹림산채라도 세울 기세였다.

비슷한 의도였지만 그게 다가 아니었다.

"개인이든 거대 작업장이든 모두들 바미안으로 가는 길을 개척하기 위해 혈안이 되어 있소이다. 하나 우리가 그들과 같을 수는 없지 않겠소?"

"······?"

"동도 여러분은 저와 마찬가지로 '장인 일족을 찾아라!' 또는 '드워프의 버려진 광산' 같은 Part 2 선행 퀘스트를 받은 걸로 알고 있소이다."

아앗, 단체 퀘스트다.

아니, 이젠 집단 퀘스트라 해야 하나.

"그렇소이다. 우리에겐 대지의 일족 퀘스트가 남아 있소이다."

오오—

술렁거림이 커지자 그의 눈에서 빛이 났다.

"멤버는 없고 간판만 남은 우리요. 우리가 할 수 있는 최선책은 이제 단 하나, 대지의 종족! 그 선행 퀘스트를 한곳으로 모읍시다. 뭉쳐서 해결하는 거외다."

"……."

대지의 일족, 이는 잊혀진 종족 중 하나인 드워프를 뜻한다.

Part 2에서 그 실체가 드러나고 그들과 유저들이 어떤 관계를 맺느냐는 오로지 유저의 선택에 달려 있다 했다.

숲의 일족, 물의 일족, 수인족 등 환상을 자극하는 이종족들이 대거 등장할 예정으로 있다.

그 가운데 대지의 일족 퀘스트는 한국 E&T에서 Part 2 이행을 독려하기 위해 200인 이상의 규모를 갖춘 길드나 단체에 부여한 것이었다.

그랜드 퀘스트!

당연 형제 작업장은 해당 사항 없음이라.

한데 그들이 부여받은 대지의 일족 퀘스트를 바미안 영지 인근에 활성화시키려 함인데, 이는 바미안이 현재 한국에서 유일한 Part 2 지역이라서리라.

그의 제안이 각자의 생각을 자극하기 충분했음인가, 장내 분위기는 들뜨기 시작했다.

"동의합니다. '깨어진 드워프 도끼' 퀘스트를 내놓겠습니다."

"합류합니다. '모루와 망치', '꺼지지 않는 불' 퀘스트 두 개를 같이 해결합시다."

"저흰 드워프와 관련되어 받은 퀘스트는 모두 다섯 개입니다. 공개하겠습니다."

"오오—!"

곳곳에서 탄성이 터져 나왔고, 다들 고개를 끄덕이며 더러는 두 주먹을 치켜들어 각오를 표현했다.

"그래, 합시다! 처음부터 다시 시작합시다!!"

"서로의 퀘스트를 모아 한꺼번에 연동시키면 멋들어진 필드가 만들어질 겁니다."

"사람은 빼갈 수 있어도 한 번 부여된 퀘스트는 빼갈 수 없죠. 까짓것, 해봅시다."

"엄… 엄두가 나지 않았는데 이 정도 인원과 능력자들이라면 도전할 만합니다."

열기가 뜨겁다.

처음 보았을 때 걱정스러웠던 얼굴들이 이제 하나도 없다.

그 순간 나를 자극하는 말이 튀어나왔다.

"대지의 종족과 관련된 퀘스트를 우리가 해결하면… 제아무리 잘난 바미안 영주라도 드워프 종족의 도움이 없이는 골렘을 유지하기 힘들 것입니다."

"이 기회에 바미안 영주를 상대로 한몫 챙깁시다."

"옳소!"

"좋시다!!"

이 화상들을 그냥… 보자 보자 하니까.

아무튼 해외 정보를 검색하고 하는 말 같은데, 그것은 맞는 말이면서도 틀린 말이었다. 인간 장인과 메이지만으로도 골렘을 발굴, 수리, 운용, 정비하는 데는 아무런 지장이 없다.

당연 드워프에게 전적으로 의지할 바 없다.

하나 대지의 종족인 드워프의 도움을 받으면 그 비용과 시간이 절대적으로 절약된다는 점은 사실이었다.

유용한 정비 공구, 효율 개선, 성능 향상, 시간 단축 등 그런 식으로 3일 걸려 수리할 것을 드워프가 개입해 하루 만에 수리했다는 게 일반적으로 알려진 외국의 사례였다.

효율, 비용, 그리고 시간… 그게 다 돈이다.

내 생각이 어떻든 장내의 분위기는 뜨겁게 달아올랐다.

어제의 원수들이 오늘의 친구가 되어 손에 손을 맞잡았다.

나와 두 곰이만 꿀 먹은 벙어리 상태로 있을 수밖에 없었다.

바미안이 '대지의 종족' 퀘스트의 최대 수혜자가 될 수 있음과 동시에 바가지를 톡톡히 치를 수 있다는 이야기를 공공연하게 들어야 했기에. 이들을 이웃에 둔다 함은 완벽한 양날의 검이리라.

쓰읍, 거참.

장내에 있는 그 누구도 바미안의 주인들이 이 자리에 함께하고 있음을 모르는 분위기였다.

두 곰이는 언제 돌변할지 모르는 경쟁자들에게 우리들의 성공을 밝히지 않았으리라. 하긴 말할 이유도, 의무도 없으니.

이런 분위기에서 무슨 말을 하랴.

결국 기대감 약한 표정으로 어정쩡하게 동조하는 수밖에 없었다.

한데 이를 다른 방향으로 해석했는지 뾰족턱이 확인하는 투로 물어왔다. 아까부터 그의 눈은 작업장 내부를 탐색하듯이 부지런히 굴렀다.

"저… 혹시, 형제 작업장은 대지의 종족 퀘스트를 획득 못 했나 보죠?"

그동안 세 명이서 뭘 먹고살았냐, 이거다.

자연 모두의 시선이 우리에게 쏠렸다. 다들 궁금한 눈들이었다.

"……."

뭐라고 해야 하지?

졸지에 꿀 먹은 곰 세 마리, 아니, 세 분.

이걸 어떻게 설명해야 하나?

그 바미안이 우리 형제 작업장의 본거지임을.

우리 집 앞마당에 당신들이 지금 판을 벌이려 한다고.

그것을 이 자리에서 밝힌다면… 아니, 밝힌다고 해서 이들이 믿을까?

3인으로 관리하고 유지되는 영지도 영지지만 파편 전쟁에서 보여준 업적들이 밝혀진다면… 난리가 날 것이다.

자, 여기 무시받는 시선들 속에서 이 기밀 아닌 기밀을 밝힐 것이냐, 말 것이냐?

그 순간 큰곰이 나서 뒷머리를 긁적이며 약간 미안해하면서 비굴한 투로 말했다.

"아시다시피 세 명이 굴리다 보니… 아이템 경매에 집중했습니다. 그런 거죠. 여러분들이 이번 집단 퀘스트에 형제 작업장을 끼워주신다면 최선을 다해 달리겠습니다. 허허."

사람만 좋게 보이는 헤픈 웃음을 날렸다.

그러자 처음 의문을 제기한 여우면상이 말했다.

"하긴, 빼내갈 멤버 자체가 없으니……."

아씨, 저 재수없는 여우면상을… 간신히 눌러 참았다.

아무튼 다들 피식 웃으며 그러면 그렇지라는 반응을 보였고 더러는 혀를 끌끌 차며 동정의 시선을 보냈다.

굿!!

큰곰… 강호의 늙은 생강이 이래서 맵긴 맵구나.

자존심을 내세울 상황이 아니었다.

지금은 위기 상황에 뭉쳐 배가 맞지만 언제 어떻게 변할지 모르는 게 업자들의 세계다.

그렇다. 이들은 누가 뭐래도 기백 명을 다루던 공장장들.

내가 바미안의 영주임을 이 자리에서 밝힌다면 당장 추앙과 축하를 받겠지만… 이들은 자신들을 영주의 자격으로 바미안에 초대를 요청할 터이다.

대의(大義)를 내세울 것이고 더러는 죽는 시늉도 마다하지 않을 것이다. 모르면 몰랐지, 지금의 상황에선 그러한 부탁을 딱히 아니 들어주지 않을 수도 없었다.

들어줘도 고마워하는 것은 한순간일 테고 들어주지 않으면 여기 모인 전원을 원수로 돌리는 상황이 벌어질 터였다.

원래 대의명분, 강호의 도의를 내세울 땐 자신의 기득권을 지키기 위할 때뿐이다.

이들은 당연하다는 듯이 바미안에 둥지를 틀 것이고, 이후엔 충분히 뻔뻔해질 수 있는 능력을 발휘할 터이다, 업자답게.

아무리 업계의 위기 상황을 내세워도 지킬 선은 지켜야 한다.

실례로 우리가 아래의 작업장 때문에 고민할 때 이들은 뭘 했나?

형님, 동생으로 통하는 몇몇 공장장에게 용병으로 몇 시간씩 뛰어달라고 요청했는데 그 누구도 응하지 않았었다. 개중엔 연락 자체를 스팸 처리한 인물도 있었다.

그것이 저들이 우리를 바라보는 시선이었다.

고로 우리가 쟁취한 성공의 과실을 나누고 누릴 자격이 이들에겐 없다.

이제 와서 누이 좋고 매부 좋은 일을 내가 할 필요가 없음이라. 물론 나보고 누이 싫고 매부 싫은 일을 하라면 하겠다. 아마 신이 나서 할 것 같다.

형제 작업장의 대표 큰곰이의 비굴한 모습에 벌써부터 몇몇이 못마땅한 표정으로 픽픽거렸다.

"멤버들을 무르게 풀어주더니만……."

"이거, 공유할 퀘스트가 없는 작업장을 끼워주면 곤란하지 않나요?"

저놈의 여우대가리가!

무슨 말이겠는가.

공유 퀘스트에 대한 분배 문제를 제기하고자 함이다.

장내의 공기는 기다렸다는 듯이 이내 차가워졌다.

바로 분배 문제를 놓고 여덟 시간에 걸쳐 마라톤 회의가 벌어졌다.

강호의 대협과 협사들이 순식간에 하이에나로 돌변했다.

그 결과, 퀘스트 제공자 70%, 퀘스트 클리어 공헌도 30%로 배당률이 정해졌다.

퀘스트를 최대한 긁어모으기 위한 조치라지만 속이 빤히 보였다.

다른 작업장들은 시작하기도 전에 2~6%의 지분을 확보한 반면, 형제 작업장이 기대할 곳은 오로지 공헌도 30% 내에서 확보할 수밖에 없음이라.

　과연 명가의 저력!

　유구한 역사를 자랑하는 명가의 면면을 확인할 수 있었으
니…….


　꼬장을 부려줄 테다!!!

機甲戰記

# Massacre

기갑전기 매서커

"출발지 체크, 퀘스트 코드, 공유 확인하세요."

"진행요원의 지시를 따라주시고, 휴식 시간은 50분마다 10분입니다."

"헌터님들, 출발 30분 후에 본대 출발합니다. 모두 출발 시간 9시로 시간 세팅 조정하세요."

"다시 한 번 파티 링크 확인 부탁드립니다."

18인 파티가 열여덟 개나 만들어지며 파티창 링크가 거미줄같이 엮여 머리가 어지러웠다.

단 하루 만에 꾸려진 원정대치곤 대단했다.

…그리고 무지 수상했다.

한가한 나들이 분위기를 풍기는 멤버들이 곳곳에서 목격
되어서였다.

"와아, 풀셋으로 12강까지 올렸구나. 악센트 좀 줬는데?"

"호홋, 이 정도 투자는 기본이죠. 그러는 오빠도 아이템에
보석 다 박아 넣은 것 같은데요?"

"에헴, 너를 지키기 위해서라고나 할까."

"아잉, 몰라, 몰라."

바로 곁에서 들리는 화기애매한 대화에 절로 고개가 갸웃
거려졌다. 으리으리한 아이템을 노골적으로 자랑하는 꼴이
척 봐도 라이트 유저들의 데이트 분위기 아니던가.

'뭐냐, 쟤들은?!'

그렇게 전혀 어울리지 않은 유저들이 요소요소에 보였
다.

옆에 다가온 작은곰이 궁금증을 풀어주었다.

"버스 티켓을 팔았어. 그것도 많이."

"…그런 거군요."

순간 납득이 되었다. 이어 18인의 파티 세 개가 추가되어
스물한 개의 파티 목록 길이가 그만큼 늘어남을 확인할 수 있
었다.

강호 협사들의 얼굴에 가느다란 미소가 걸렸다.

자신들의 능력을 그만큼 믿기에 가능한 버스 태우기이리
라.

참고로 우리 형제 작업장은 원정대에 제공할 퀘스트가 없으니 버스 티켓을 팔고 싶어도 팔 수가 없는 상태였다.

큰곰이가 내 팔을 당겨 먼 곳을 가리키며 떨리는 목소리로 말했다.

"…아이돌이야, 아이돌."

"……!"

그랬다. 전방 먼 곳에 심플한 원피스 타입의 기사 제복으로 통일한 소녀 여섯 명이 있었다.

그녀들은 작은 동작으로 움직이며 각자의 율동을 점검 중이었다.

퀘스트를 클리어하면 축하 공연이라도 할 모양이다.

낯익은 소녀가 없는 것으로 보아 데뷔를 앞둔 신인 아이돌 그룹이리라. 표 나게 가식적인 밝은 얼굴들이 오히려 신선하게 다가왔다.

반면 그녀들 주변으로 떡대 보디가드와 야실야실한 것이 매니저로 보이는 인물들이 한가득 포진한 채 원정대 진행요원들과 심각한 얼굴로 이야기를 나누고 있었다.

작은곰이가 눈을 가늘게 뜨며 부러운 듯이 말했다.

"소속사 판촉이군. 데뷔에 맞춰 이번 원정을 좋은 판촉 기회로 살리려는 거야. 박람회장에서 팬텀이라는 걸출한 유저 덕에 Part 2가 지금 가장 큰 이슈니까."

"……."

그 팬텀, 눈앞에 있다니까요.

아무튼 아이돌을 앞세운 게임 소개는 꽤 전통있는 연예계 판촉 활동 중 하나라 별달리 이상하게 볼 이유는 되지 않았다.

하나… 부럽다, 제길.

그래서 왠지 이번 원정이 배가 산으로 갈 것 같은 예감이 들기에 충분했다.

옆에 있는 큰곰이 열심히 스파이 카메라의 셔터를 눌러대며 홀린 듯한 표정으로 중얼거렸다.

"강호 대세는… 아이돌이야."


…인정.


*       *       *


날씨가 꾸물꾸물 흐린 것이, 가상임에도 높은 습기가 느껴질 정도였다.

나는 아바타르의 지하 감옥에서 두 달간 같이 지낸 트라이엄프 클랜을 떠올리며 긴장감을 불어넣으려 했지만 그때만큼의 비장미나 긴장감은 품을 수 없었다.

데리고 나온 지오 캐릭터가 부캐도 아닌 쫄캐 중의 쫄캐임에도.

주변의 긴장 결여의 흥청망청한 분위기 때문만은 아니었다. 그것은 캐릭과 클래스에 대한 확고한 자신이 있어서였다.

이 지오님이 주인공인 캐릭은 천하무적이다--!

아니, 가상불패니라―!!

아, 이 검증된 오만함이여.

아무튼 원정대의 이름은 '대지 원정대'로 정해졌다.

대지 원정대가 집결한 이 이름없는 요새촌은 자유 도시 중 바미안에 제일 근접한 지점이라 했다.

바미안이 Part 2로 이행하면서 바미안을 중심으로 한 지도 창의 정보는 전부 리셋되었다, 단 한 명의 NPC도 찾을 수 없는 이 요새촌처럼.

요새촌 NPC들을 바미안 영지가 진공청소기로 빨아들인 지는 이미 오래였다.

한국에서의 파편 전쟁이 유독 길었던데다 여전히 진행 중이다.

오랜 파편 전쟁의 여파는 이슈타르인, 즉 NPC들을 삭막하고 까칠하게 만들었다. 하여 퀘스트를 제공하지 않는 이슈타르인들이 속출하고 있다, 기초적인 정보조차도 구하기 힘들 지.

NPC에게 구할 정보가 없으니 모두의 지도창은 새벽 물안 개처럼 뿌옇게 가려진 상태였다.

"지도 창, 바미안 위치 확인."

원정대가 바미안으로 향하는 길을 개척하고 탐험해야 하는 이유는 대지의 일족 퀘스트가 유일하게 인식되는 Part 2 지역이기 때문이다.

원정대가 탐험하는 순서대로 지도 정보창엔 길이 나타날 것이고, 몬스터 서식지들이 표시되리라.

모인 이들은 그런 소소한 정보를 선점해 대박을 꿈꾸는 것일 테고.

아이돌, 부유한 라이트 유저, 파티에 참가하지 않고 기웃거리는 갤러리들을 제외하면 실제 작업장 선수들은 300명 내외였다.

그들은 척 봐도 표가 났다.

눈알 굴리는 소리, 머리 굴리는 소리가 들릴 정도로 집단 신경전을 펼치고 있다. 서로의 캐릭들을 견주어보며 이후를 생각하고 있음이다.

실제 반수 이상의 캐릭들이 성전기사단 차림을 하고 있었다.

대형 작업장을 욕하면서 그 밑에서 충성스럽게 일한 흔적들로, 그 과정에 최상의 옵션이 부여되었을 테니 대업을 눈앞에 두고 사양할 처지가 아닌 것이다.

자신의 선택에 충성스럽기에 배신자가 될 가능성이 항시 넘친다고 할까.

뭐, 업자라는 게 다 그런 거지.

나와 두 곰은 저런 자들을 상대로 어느 정도 협조를 할지에 대해 원정대 운영을 마지막까지 체험하고 나서 판단하기로 합의를 본 상태였다.

두 곰이는 작업장주들과 자연스럽게 친구로 사귀길 바라는 마음인데… 이들과 고난을 함께한다고 동료애가 생길 것 같지는 않았다.

두 곰은 이들을 더 못 미더워하지만 한 명의 업자로서 원만한 관계를 유지하길 바라고 있었다. 한데 내가 적을 만들어내는 천부적인 자질을 가지고 있단다.

인정한다.

하나 동료애, 전우애… 나를 죽여서 너를 살리고 싶다는 그런 극단적으로 순수한 마음은, 서로가 동등함을 인정하고 각자가 처한 사정을 이해했을 때 싹튼다. 과거에 경험했듯이.

이들은 군소 작업장의 권익을 지키기 위해 뭉쳤는데, 그 군소 작업장 중에서도 군소 작업장인 우리와는 일궈낼 권익에서 어떤 부위도 나눌 생각이 없어 보였다.

공헌도에 따른 지분?

있어도 그만, 없어도 무방한 우리다.

문제의 대형 작업장 위에 위치한 작업장이라는 이유만으

로 그들은 사전 통보도 없이 들이닥쳤다.

다 형제 작업장을 위해서! 라며.

여하튼 잘나가는 건 들키지 않고, 모난 돌 정 맞지 않을 만큼의 절충점을 찾는 것이 형제 작업장의 겸손한 원정 목표라 하겠다.

얼마나 겸손한가.

…뻥 치지 말라고?

눈치챘구나!

사실은… 바미안 인근에 대지의 일족 퀘스트가 무사히 인식되도록 지켜보고, 정 이들이 못해내면 비장의 전력을 투입하기 위한 첨병으로 참여한 것이다.

헤헤, 그런 거다.

희희낙락하려는데 옆의 큰곰이가 이상하다는 투로 말했다.

"어라, 퀘스트 공유 코드가 안 뜨는데? 내 단말기에 이상이 있나?! 지오, 너는?"

동시에 작은곰이가 놀라 외쳤다.

"가만, 파티 강제 탈퇴라니?"

얼른 상태창을 점검했다.

…으잉?!

방금 전까지 이상 없던 파티창부터 해서 퀘스트창까지 사라지고 없었다. 그리고 이어 나타난 은밀한 메시지 한 줄.

그때였다. 기다렸다는 듯이 기세등등한 한 무리의 인물들이 우리에게 다가왔다.

"형제 작업장 멤버님들, 잠시 전달 사항 있습니다."

점잖은 말에 이어 따라온 무리 속에서 툴툴거리는 이가 있었다.

"정말로 퀘스트 하나 없이 참가하다니. 쯧, 얼굴도 두껍지. 분위기 파악을 못해요."

헤실헤실 웃는 낯으로 잘도 말하는 여우대가리였다. 아무리 가상이라지만 목소리와 길쭉한 턱선으로 그임을 충분히 알 수 있었다.

그 어떤 상황에서도 팔(八) 자로 처져 있던 두 곰의 눈이 이 때만큼은 확 치켜져 올라갔다. 나 역시 이마에 힘줄이 도드라지는 게 느껴졌다.

뜬금없이 떼로 몰려와 시비질이라기보다는 뭐가 사연이 있는 행차 같았다. 처음 말한 이가 지극히 공적인 어투를 구사했기 때문이다.

역시 처음 말한 두 눈덩이가 깊고 넓게 꺼진 너구리 면상의 인물이 손을 들어 여우대가리의 말을 막더니 입을 열어 말했다, 지극히 사무적인 어투로.

"집행부에서 내린 결정입니다. 대지의 종족 퀘스트를 제공하지 못한 작업장의 동행은… 제한하기로 결정했습니다."

"……."

"안타깝지만 형제 작업장 여러분은 여기까지입니다."

"……!"

이 작자들이… 이미 파탈시켜 놓고는.

어제의 의기투합은 어디 가고 이제 와 갑자기 뒤통수를 치다니.

그때 너구리얼굴이 조곤조곤한 어투로 말했다.

"험험, 어떻게 이야기가 퍼졌는지… 최고 고객들의 요청이 쇄도하고 있습니다. 그들까지 책임져야 할 처지인지라 아쉽지만 퀘스트를 제공하는 작업장에 한해 참가 조건을 제한할 수밖에 없게 되었습니다."

이는 핑계다.

언제 우리를 책임져 달라 했던가.

알아서 책임질 사람만 책임지면 되는 것이다.

주변에서 사태 추이를 지켜보던 다른 작업장 원정대원들은 귀를 이쪽으로 향한 채 고개만 모로 돌린 상태였다. 조소를 보내는 인물도 있지만 그 누구도 우리 역성을 들어줄 기미는 보이지 않았다.

어제의 대협과 협객이 오늘은 존재하지 않음인가. 오호, 통재라.

강호 도의가 티켓에 달려 있구나.

그렇게 허탈해하는데 여우대가리가 손가락을 좌우로 흔들며 비틀어진 웃음을 흘렸다.

"내 밑으로 들어오쇼. 옛 정을 생각해서 팀장 자리도 마련허 주고 이번 원정에 같이 갈수 있도록 힘써보리다."

그 순간 큰곰이 폭발하고 말았다.

"내 이 자식을… 읍, 읍!"

나는 발악하려는 큰곰이의 입을 틀어막으며 퀘스트창과 파티창을 공개창으로 띄워 그들에게 빠르게 질문했다.

"현재 모인 대지의 종족 퀘스트가 몇 개입니까?"

생뚱맞은 질문에 너구리 면상의 인물이 더듬거리며 대답했다.

"그러니까… 85개 모였습니다."

"그리고 이분들은?"

나는 파티창에서 터무니없이 낮은 레벨의 참가자 몇몇을 콕콕 찍었다.

나도 레벨 낮다. 당연 레벨 낮다고 무시하려는 게 아니다. 하지만 프로들이 모인 장소에 소풍 가는 얼굴의 아마추어 몇몇이 눈에 너무 많이 보이는 걸 어쩌란 말인가.

"작업장 열여덟 팀에…….."

상대의 눈 깊은 곳까지 지그시 노려보았다.

"끙, 개인 참가자… 234명이 함께하기로 했습니다. 늘어나는 중이기도 합니다."

"개인 참가자?"

"큼큼, 그러니까 작업장과 끈끈한 유대를 지닌 분들로, 대지의 종족 퀘스트에 지대한 관심을 가진 분들⋯⋯."

은퇴 관료처럼 말을 장황하게 풀기 전에 끊었다.

"버스 티켓 팔았군요."

"⋯⋯."

대꾸가 없다. 몰려온 이들 역시 눈 돌리기에 바쁘다.

버스 태우기. 레벨업을 위해서, 또는 빠른 퀘스트 완료를 위해, 퀘스트 아이템을 획득하기 위해 고렙이 저렙을 보호하면서 던전을 도는 행위를 말한다.

뭐, 작업장의 전통적인 수익원 중 하나니까 따질 생각은 없다.

하나 버스 티켓을 팔 여력으로 같은 동종 업종 멤버완 같이 갈 수 없다는 점이 안타까울 뿐이었다.

우리를 밀어내면 그만큼 티켓을 더 팔 수 있을 테니 이렇게 몰려온 이유이리라.

이렇게 되면 티켓 가격이 궁금해진다. 강호 의리(義理)의 가격 말이다.

"얼마죠?"

"⋯⋯?"

"티켓 끊을게요."

억울함에 발악 직전인 큰곰이를 누르며 흥정을 계속했다.

"후불도, 게임 머니로도 안 낼 테니까 얼마냐고요?"

그러자 뻥찐 듯한 얼굴의 너구리 대신 여우대가리가 말했다.

"안전을 책임지지 않는 기본 참가가 최저 일인당 5백만 원, 최종 생존까지 책임지는 회장님 티켓은 1천 2백만 원. 한 명 추가에 5%씩 가산돼. 이것도 행사 가격이야."

바가지였다.

"조건은?"

"티켓 끊은 사장님이야 구경만 하면 되는 거 아님?!"

장사 처음 하느냐는 투였다.

그래, 우리가 언제 버스 티켓 팔아봤어야지.

"당연히 획득한 아이템은 나눌 필요도 없다, 이 말이죠?"

"기본 루팅 권한에 따르지. 퀘스트 템에 대해선… 경매에 참가할 권리가 있지."

버둥거리던 큰곰이 곧 잠잠해졌다.

"계좌 불러요, 현금으로 지금 바로 쏠 테니까."

"……."

약간의 침묵이 이어졌다.

하나 곧 여우대가리가 어깨를 으쓱하며 비아냥댔다.

"와우, 쿨하시네. 형제 작업장 투자 크게 하시네. 여기, 계좌 갑니다."

여우대가리는 내게 어디 해보라는 식으로 원정대 이름으로 개설된 공동 관리 계좌를 보내왔다.

단말기창을 열어 제시한 계좌로 바로 입금시켰다.

'크으… 피 같은 내 돈! 일주일간 피 빨아 번 돈!!'

분한 마음에 손이 떨려오는 걸 누르고 냉담하게 말했다.

"…입금 확인하세요. 입금자는 형제 작업장입니다."

흐미, 이 지오님이 버스 티켓을 끊을 줄이야.

실실 쪼개는 여우대가리 대신 다른 이가 단말기 연결창을 열어 입금 내역을 확인했다.

"어디 보자… 헛! 형제 작업장, 금액… 입금 확인했습니다!"

확인자가 외치자 여우대가리의 얼굴이 순간 굳어졌고, 너구리의 얼굴은 겸연쩍은 표정이 되었다.

주변인들 역시 설마 입금할 줄은 몰랐다는 듯한 얼굴로 낮게 술렁였다.

자존심이 밥 먹여주나.

나와 두 곰이 보란 듯이 팔짱을 꼈다.

이제부턴 동료가 아니었다. 그들이 섬겨야 할 고객인 것이다.

제일 먼저 너구리 머리가 공손하게 두 손을 모아 머리꼭지가 보이는 인사를 해왔다.

"세 분 사장님, 퀘스트 동안 성심껏 모시겠습니다. 파티, 퀘스트 링크 걸겠습니다."

그렇게 공손히 예를 올리자 기세등등하던 무리들도 어정 쩡하게 머리를 조아렸다. 그 안에는 벌레 씹은 듯한 표정을 한 여우대가리도 있었다.

**이것이 다시 찾은 강호의 의리라!**

돈이 남아돌아 한 사람당 5백만 원짜리 티켓을 끊은 게 아 니었다. 이제 이들이 우리에게 되살 의리의 가격이 얼마일지 두고 봐야 할 것이다.

*        *        *

"사장님, 지도 받으세요."

사제 차림의 인물이 나와 두 곰이에게 지도 정보창 링크를 걸더니 휙 돌아서 가버렸다.

우리에게 단 일 초라도 허비하기 싫다는 태도였다.

방금 전까진 동등한 작업장주였는데 지금은 사장으로 모 셔야 하니.

'…에혀, 뭘 기대하겠어. 수집한 정보나 보자.'

제공하는 정보를 보면 그 조직의 영양가를 판단할 수 있다.

받은 지도창을 얼른 열어보았다.

"……!"

우잉?

지도창에는 깨알 같은 점 하나와 붉은 팥알 크기의 붉은 점 밖에 없었다.

'이럴 수가. 이딴 걸 정보라니…….'

깨알 같은 점 하나가 우리가 집결한 요새촌이고 팥알 크기의 점이 바미안으로, 그 나머지는 뿌연 여백이 전부였다. 단지 이 개척촌에서 바미안으로 가는 방향만 가늠할 수 있는 정도.

본전 생각이 울컥 일어났다.

'방향만 보고 간다고 바미안이 나올 리 없잖아. 중간에 산맥이나 강이라도 나오면…….'

이들도 그런 점을 알 것인데 이런 기초의 기초에도 못 미치는 정보를 던진다는 것 자체가 이들에게 고급 정보를 기대하긴 힘들다는 이야기였다.

두 곰도 마냥 허탈한 표정이었다.

내 집에 가는 길을 이렇게 고민해야 하다니…….

돈 들이고 뺑뺑이 돌 것 같은 불길한 예감이 들었다.

나의 이런 감은 너무 잘 맞는다는 게 문제인데…….

'빈정 상한 김에 물려?!'

릴렉스, 릴렉스. 지금 와서 원정대를 그만둘 순 없는 일이었다.

Part 2로 이행하며 필드상에 어떤 변화가 생겼는지 파악해야 하고, 결정적으로 형제 작업장의 상황이 단체 퀘스트를 받을 수 없기에.

그렇다. 문제는 단체 퀘스트였다.

형제 작업장으로선 능력은 돼도 머릿수가 되지 못해 구경할 수 없는 미션이다. 제공 목적이야 길드 활동을 지원하기 위해서라지만 그 혜택을 누리고 영위하는 곳은 단번에 2, 3백 명을 동원할 수 있는 작업장들뿐이다.

'돈 아깝고 빈정 상해도 참아야 하느니⋯⋯.'

지금이 아니면 언제 이런 연합 퀘스트를 해보겠나.

다 경험이다. 언제까지 단출하게 게임을 할 수만은 없는 노릇이니.

게임 자체가 개인보다는 집단을 염두에 둔 서비스를 하는 마당에 대규모 집단 플레이도 알아두어야 했다.

'경험이 다 재산인 거지.'

수백 명을 만족시켜야 하는 내용물이라면 바로⋯⋯

돈이다, 돈!

그럼에도 계좌 이체 단말기를 눌러댄 손가락이 왜 이리 미운 거야!

그나마 위안 삼을 것은 단체 퀘스트 목록이 한가득이라는 점이었다.

천둥 망치와 대지 모루를 찾아라.

대지 일족의 흑맥주를 맛보자!

…….

대지의 미늘 갑옷 세트 제작 주문을 성공시켜라.

리스트 목록이 주르륵 올라갔다. 장장 85개에 달하는 퀘스
트들.

'빙고! 이러고 있을 때가 아니지, 흐흐.'

내가 괜히 돌았다고 돈질한 게 아니었다.

본전은 이렇게 바로 찾는 것이었다.

"퀘스트 목록 카피! 목록 전송!!"

손끝이 전율로 부르르 떨렸다.

바미안에 무게 잡고 있는 매서커에게 퀘스트 목록이 전달
되었다.

'후후, 매서커로 캐릭 체인지!'

캠프 안이니 메이지 지오를 잠시 멍 때리는 상태로 방치해
도 무방했다.

다시금 매서커로 접속했다.

"바미."

상냥한 목소리가 곧 바로 귓가에 울렸다.

"예, 영주님. 대기하고 있었습니다."

귀여운 것. 도시 인공 지능 바미는 실체는 없지만 목소리만 른은 보호 본능을 자극하기 충분했다.

"흠흠, 영주로서 발생시킬 수 있는 퀘스트의 수는 하루 최대 몇 개지?"

"1인 퀘스트는 시간당 하나, 5인 파티 퀘스트는 하루 열두 개, 10인 퀘스트는 여덟 개, 25인 퀘스트는 네 개, 50인 퀘스트는 두 개, 100인 퀘스트는 한 개 발생 가능합니다."

참고로 대지의 종족 퀘스트는 최소 200인 집단 퀘스트부터 있다.

"참고로 영지에 체류 중인 모험가들의 퀘스트 요구 사항은?"

"현재… 모험가의 만족도가 극도로 높습니다. 잔당 토벌 중이라 아직 다른 요구 사항은 없지만 토벌 퀘스트에 싫증난다는 불평이 일주일 이내로 예상됩니다."

그 점이 우려되었다.

영주민만 잘 보살펴선 인지도 높은 영지가 되지 못한다.

유저인 출신 모험가들을 위해 전투 이외의 다른 낭만적인 모험거리를 제공해야 한다, 그것도 미리.

"여기 대지의 종족 정보가 있어. 이걸 기초로 바미안 특유의 이벤트로 만들어보자고."

퀘스트 목록과 내용이 바로 이벤트의 씨앗이었다.

85개나 되는 퀘스트를 넘겨주자마자 바미가 들떠 외쳤다.

"꺅, 꺅—! 대단해요! 어디서 이런 정보를 구하셨어요? 아아, 기뻐요. 영주님 최고. 영주님이야말로 진정한 모험가세요."

"험험, 뭘 그런 걸 가지고."

얼굴이 뜨끈했다, 돈질의 결과니.

여하튼 뜻하지 않은 선물을 받고 방방 뛰는 소녀의 기쁨이 고스란히 느껴졌다.

수백 명을 동원시켜야 하는 단체 퀘스트들이니 당연히 학습량에 비례해 인공 지능 할당량이 늘어날 수밖에 없다.

이는 곧 바미가 똑똑해진다는 이야기!

그럴수록 지금처럼 감정이 풍부해지는 것이고.

…근데 갑자기 말괄량이 같은 느낌이 들잖아?

설마 그 누군가의 감정을 벤치마킹한 건 아니겠지.

에이, 몰라. 명랑하면 좋은 거지.

"어때? 영지민들에게 퀘스트 분배하기가?"

"모두 적극 협조할 퀘스트입니다. 영지민들 역시 대지 일족과의 교류를 고대하고 있으니까요."

"좋아, 좋아. 알아서 대지의 일족 퀘스트를 영지민들에게 알리라고."

"예. 퀘스트가 전부 *200인 이상의 단체 퀘스트지만 퀘스트 간의 조합을 만들어 모험가들에게 전달하겠습니다.*"

이미 발생한 똑같은 퀘스트를 발생시킬 수는 없다. 그건 불가능한 일이다.

하나, 퀘스트를 잘게 분해하고 이리저리 뒤범벅시킬 순 있다.

작은 퀘스트를 뭉쳐서 큰 퀘스트 하나를 발생시킬 수 있고, 큰 퀘스트를 작은 퀘스트로 분해시킬 수도 있다.

퀘스트의 다양함과 풍성함은 도시 인공 지능의 역량에 기초한다.

도시가 오래될수록, 영지에 영지민이 많을수록, 모험가들의 방문이 빈번할수록 인공 지능의 역량이 월등히 높다.

즉, 85개의 집단 퀘스트를 기초로 못 만들어낼 모험거리가 없음이다.

200인 이상이 참가해야 하는 단체 퀘스트를 개당 19만 5천 원에 산 셈.

그리고,

"가신단에… 퀘스트 발생!"

바미안 영주님이 가신단에게 명(命)하였습니다.

## Lord

**골드보이 친전.**

대지 일족을 추적하는 모임을 만들어보자. 소모임을 만드는 게 중요
하다. 영주 포인트를 기대해도 좋다.

## Lord

**아크 메이지 일단 친전.**

대지의 일족이 만든 예술품을 수집해 보자. 소규모 감평단을 조직하
면 보너스가 주어진다.

## Lord

**마에스트로 헉스 친전.**

대지의 일족 무구로 몬스터를 사냥해 성능을 비교해 보자. 사용 후기
를 올리면 보너스가 주어진다.

# Lord

**가신단 공통.**

…….

"영주 권한으로 발생된 퀘스트가 전부 전달되었습니다."

나만 힘들게 퀘스트를 할 수는 없음이지, 암.

고생은 같이하고, 과실은 이 몸이 챙기는 것이야말로… 악덕 영주의 표본!

"그리고 토벌 중인 용병단장과 용병들에게 대지의 종족 퀘스트 지원을 정식으로 의뢰하도록. 그들이 거느린 이슈타르 용병들을 부리려면 이 정도 일거리는 밀어주어야겠지."

"탁월하세요. 벌써부터 유저들과 잔적 토벌을 경쟁하면서 이슈타르 계열 용병들의 불만이 보고되고 있었어요."

"역시. 내가 새로 알아낸 정보는… 이들에 한해 실시간으로 제공하도록."

"예."

파편 전쟁이 끝난 마당이라 영지민들로 구성된 민병대와 의용군은 해체했다. 하지만 언제 어떤 일이 벌어질지 모르는 일이라 항상 협조를 구할 수 있는 대형 용병단이 영지에 상주하고 있는 것은 여러모로 유리했다.

적이 고려할 대상이 많으면 많을수록 좋은 거 아니겠는가.

그러기 위해선 굵직한 일거리를 제공해야 했다.

반응은 즉시 왔다.

대지의 종족 정보와 의뢰, 감사히 접수하겠습니다. 바미안의 영광과
함께하는 용병단이 되겠습니다.

후후, 꾸준하게 일거리를 제공하는 영주를 어떤 용병들이
마다하랴. 이것이 바로 바미안의 그물.

새로운 메세지가 떴다.

대지의 종족에 대한 소문이 영지민 사이에 퍼지기 시작했습니다. 전
투에 식상한 많은 모험가들이 이 소식을 접하고 흥분하고 있습니다.

개념 영주의 의뢰에 새로운 퀘스트를 발생시키는 바미안의
영지민의 존재는 모험가들을 열광시키기 충분한 것이었다.

모험가의 유입은 영지민들을 부유하게 만들 것이고, 떠돌
이 유민들이 바미안의 영지민이 되기를 희망하리라.

당연히 영지민이 늘어날 것이니 내 돈주머니는 절로 두툼
하게 살이 오르리라.

바로 그거였다. 사람이 꼬이면 돈이 꼬이게 마련!

시간이 걸리긴 하겠지만 이것이 내가 무리하게 현질해 가

며 퀘스트 목록을 받은 이유 중 하나였다.

"다음은 바미에게 맡기겠어. 나는 잠시 다녀올 데가 있으니 바미안을 부탁해."

"히힝, 놀아주세요. 영주님과 더 이야기하고 싶어요."

인공 지능의 발달이 딱히 좋은 점만 있는 게 아니군. 떼를 쓰다니.

"착하지. 조금만 기다려. 응?"

끙, 내가 인공 지능을 상대로 뭐 하는 소리인지.

"…레이디 미요는 너무 무서워요."

"미요가?"

답이 없다.

가만?! 그러고 보니 미요도 영지 최고 숙녀가 아니던가. 당연히 그녀도 제한적인 퀘스트 발생 권한을 가지고 있다. 바미와 직접적인 대화는 할 수 없지만 퀘스트 발생을 주문할 순 있는 것이다.

'도대체 어떤 퀘스트를 주문했기에?!'

결정적으로 고자질을 할 수 없게 설계가 된 인공 지능의 반응이다.

"바미, 레이디 미요가 어떤 과제를 부여했지?"

기다렸다는 듯이 바미가 조잘거렸다.

"바미안 영주의 하루 동안의 이동 경로를 알아내라. 바미안 영주가 접촉한 유저는 누구인가, 바미안 영주가 대화한 여성 유저는 누구인가?"

"……."

머리가 지끈거렸다. 이대로 가만있을 순 없다.

"퀘스트 발생!"

무뚝뚝하게 변한 내 목소리에 바미의 목소리가 위축되었다.

"…바미가 영주님의 명을 받습니다."

---

# Lord

**레이디 미요 단독 실행.**

대지의 일족에게 고양이를 선물하고 우호의 증표로 '대지의 심장'을 받아오자.

---

바미안의 최고 숙녀에 걸맞은 퀘스트를 부여했다.

과연 미요가 고양이로 드워프 종족의 최고 보물과 교환할 수 있을지 기대가 되는군.

바미의 명랑한 목소리가 울렸다.

"탁월한 선택이십니다."

나도 그렇게 생각해. 귀여운 것…….

Act.04
질기군. 질겨

機甲戰記
Massacre
기갑전기 매서커

후드득, 후드득.

빗방울이 잎사귀를 때려댔다.

원정을 시작한 아침 7시부터 오후 4시까지 정처없이 떠돌고 있었다.

오후부터 떨어지기 시작한 빗줄기는 그칠 줄 모르고 내렸고, 가상임에도 비에 젖은 로브의 무게는 높은 동화율로 고스란히 전해져 걸음이 무겁기만 했다.

으슬으슬한 것이, 한기까지 침투해 들어오는 것 같았다.

단 한 번도 보고된 적 없는 거대 곤충이 날아들었고 땅속에 매복한 기괴한 생물들이 튀어나와 발목을 물고 늘어졌다.

미지의 영역입니다. 지도를 밝힐 수가 없습니다.

몇 시간째 같은 메시지로 같은 장소를 맴돌고 있음이다.

수색조를 매 시간 단위로 교체했지만 결과는 마찬가지였다.

사장으로 참여한 우리 세 사람에게는 잡몹 처리가 맡겨졌다. 그 정도 위치가 적당했다. 그러나 정작 우리에게 돌아올 잡몹조차 없었다.

광범위한 지역을 수색했음에도 변변한 네임드 몬스터 한 마리 나타나지 않았다.

그리고 수많은 대지의 종족 퀘스트 목록 중에 한 퀘스트가 오렌지빛으로 자신의 존재감을 알리고 있다.

## Quest

**대지의 일족의 궁금증.**

'정체불명의 괴생명체가 일족의 영역에 나타났다. 금속을 두른 곤충이라니… 어떻게 이런 생물이 존재할 수 있단 말인가.'

'연구할 과제이긴 한데 전사들의 희생이 너무 크다. 온전한 사체를 구할 수 있다면 약점을 찾을 수 있을 텐데.'

> 대지의 일족은 근자에 나타난 금속 갑충으로 인해 광맥 탐사대가 큰 피해를 입은 상태입니다. 금속 갑충의 약점을 파악할 사체를 구해 우호의 증표로 선물해 보자.

금속 갑충이라… 아직까지는 껨이다.

> 선행 조건:금속 갑충 애벌레 세 종류 이상.
> 금속 갑충의 껍질 열두 종류 이상.
> 금속 갑충의 온전한 사체 여덟 종류 이상.
> 금속 갑충의 더듬이 여섯 종류 이상.
> ……….

위와 같은 단순 채집 퀘스트가 108개로 한 무더기였다.

그러나 원정대 그 누구도 단 한 건의 선결 조건을 만족시킨 멤버는 없었다.

> 최종 목표:금속충 계곡의 주인 '갑갑한 가브가브' 처단.
>
> 대지의 일족의 우정의 증표:
> 갑갑한 가브가브의 등껍질.
> 갑갑한 가브가브의 퇴화된 날개.
> 갑갑한 가브가브의 왕관 더듬이.

이 지역 보스 몬스터를 잡아야 드워프 'ㄷ' 자를 꺼낼 수 있음이다.

…암담하다. 어느 세월에.

'피 같은 1천 5백만 원… 쓰다, 씹다. 내가 왜 질렀지?! 우와—! 커피가 당긴다.'

따뜻한 커피를 떠올리며 처진 기분을 위로하는데 역시나 선두에서 고성이 오가는가 싶더니,

"정지—!!!"

다시금 진행 방향을 놓고 집행부 사이에 언쟁이 시작되려 함이다.

'에혀, 30분 만이군.'

앞전엔 40분 행군하고 20분간 언쟁을 벌였다. 이번엔 30분

동안 언쟁할지 모르겠다.

서로에 대한 비아냥과 치졸한 조롱이 오가는 것이, 경쟁자로서 묵은 감정이 고스란히 표출되었다. 파티장들이 그런 식이니 당연히 각 파티 간에 보이지 않는 장막이 드리워질 수밖에 없었다.

이래저래 인간 사이의 간격에 지쳐 갈 뿐이었다.


\*　　　　\*　　　　\*


흑청색의 머리칼, 상아색 피부, 번민으로 깊어진 두 눈, 늘씬한 몸매에 불평없는 겸손한 처신 하며… 어디 하나 밉게 보일 부분이 없음에도 원정대 내에선 콧방귀를 픽픽거리고 지나갈 정도로 띄엄띄엄 보고 있다.

이것은 출발 전 돈질이 결정적인 요소였다.

작업장이 티켓을 샀으니 얼마나 한심하게 보일지 불문가지라.

여하튼 아크 메이지 일단과 함께 금속 거체에 생명을 부여하는 지고한 탐구 활동에 매진 중인 장래가 창창한 인재이시다.

…농담이다.

솔직히 죽 쑤고 있다.

아크 메이지 일단의 지도로 어느 정도 연금술에 소질을 개

발했지만 딱 거기까지로, 좋게 말해 개화 직전의 천재 상태일
뿐이다.

웃기지 말라고?

끙, 돈을 까먹고 있는 유일한 지오 캐릭이다.

내가 만든 물약을 내가 먹고 내가 죽을 뻔했으니… 말 다
했지.

연금술이란 게 그런 거더라. 매력적인 작업인 건 인정하는
데 들인바 시간이 일천하고 기초적인 상식 부재로 성과를 내
지 못하고 있는 게 메이지 지오의 현실이었다.

일단의 애제자로서 요 몇 달 마법 연구에 매진하다 보니 특
출한 전투력을 기대하긴 어려웠다.

일단을 스승으로 선택한 것에 커다란 회의가 들었지만 이
미 우주선은 화성으로 출발한 상황이었다.

오호, 통재라.

그렇다. 메이지 지오의 불행은 아크 메이지 일단과 맺은 도
제 관계에서부터였다.

'아크' 라 이름 붙은 스승을 너무 쉽게 구한 것이 화근이었
다.

그의 업적을 뛰어넘지 못하면… 도제 관계를 청산할 수
없다는 E&T 특유의 도전 시스템의 덫에 덜컥 걸리고 말았
다.

'스승의 벽을 뛰어넘어라!' 라는 거창한 슬로건이지만 그

일단이 누구시던가.

일단은 다른 가상 게임을 걸쳐 다년간 쌓은 노하우로 아크 메이지 타이틀을 성취한 가상의 능력가다.

내가 곁에서 지켜보니 큰곰이의 오덕은 명함도 내밀지 못할 십덕후다.

아, 흥분했다.

그런 그의 업적을 이 메이지 지오가 뛰어넘어야 함이니… 아득한 일이 아니고 무엇이랴.

단지 골렘 연구와 마법 금속 연구에서 그를 능가할 기회를 노리고 있는 형편인 셈이었다. 그나마 강철 골렘과 금속 연구에 있어서는 비슷한 출발선에서 시작했으니까.

그러나 지루하게 이어지는 반복 실험과 내 몸을 대상으로 한 임상 실험…….

그래, 견딜 수 있어! 견뎌낼 거야!! 나 지오라고!!!

아, 또 흥분.

여하튼 화성에 떨어지기 전까지는 한 우주선에서 얼굴을 맞대고 그의 지도를 받아야 하는 게 이 메이지 지오의 현실임에는 변함없었다.

…흑흑.

지루함이 메이지 지오를 죽이고 있었다.

이 원정대를 핑계로 일단님이 부여한 과제에서 달아났는데… 이건 뭐야?

길치들을 따라 비 맞은 코볼트마냥 뺑뺑이라니.

결정적으로 이 질척거리는 무료함!

하늘을 우러러 '내 돈!' 하며 후회하고 있는데 파티장들의 다투는 고성이 후미까지 들려왔다.

"그 길이 맞다니까!"

"세 번이나 지나쳤는데 아무 일 없었잖아요!"

"이번엔 이 길로 갑시다!"

"아침에 지나친 곳입니다."

"미치겠네. 우리 이러지 말고 파티를 쪼갭시다."

"어허, 아니 될 말씀."

자존심상 자신들이 선택한 방향이 틀렸다는 것을 인정하기 싫은 게 아닐까. 멤버가 떠난 자리엔 자존심만 남은 것인가.

언쟁이 길어질 분위기라 마법으로 몸 말리기를 시도했다.

"나그네 외투를 벗기는 태양—"

후우우우웅—

순간 농구공만 한 붉은 광구가 허리께에 생겨났다.

두 곰이 제일 먼저 다가와 두 손을 내밀어 굳은 몸을 풀기 시작했다. 반가우면서도 기특하다는 감정이 얼굴 한가득이었다.

커져 가는 파티장들의 언성에 두 곰이는 서로 코끝을 찡그리며 쓰게 웃었다.

초대하지도 않았는데 내가 만든 붉은 광구로 원정대원들이 은근슬쩍 모여들었다.

'이치들이. 만민에 평등한 건 저 하늘의 태양이지, 내가 만든 태양은 아니라고.'

나는 허리께에 만든 태양을 내 쪽으로 바싹 당겼다.

"에……."

혜택을 누리는 인원이 반으로 줄어들자 소외된 이들이 아쉬움을 토로했다.

화난 얼굴과 미안해하는 얼굴이 반반이다.

너무 치사한 게 아니냐고? 내가 좀 치사하잖아.

"막내 사장님, 야박하네."

"쯧, 잡기 가지곤. 레벨이나 신경 쓰지……."

"생산 캐릭으로 어쩌자고? 사장이라고 같은 작업장끼리 너무하네."

"헐, 그런 아이템으로 필드에 나오다니……."

"타이틀이… 차를 잘 우리는 바리스타 급 연급술사? 완전 땡전법사네요. 흥."

뒤돌아 다 들리게 궁시렁댔다.

형제 작업장 막내는 까칠하다.

원망과 아쉬움의 시선이 내게 쏠렸지만 무시했다.

재주 있으면 만들어보던가.

태양의 열기의 혜택을 누리던 몇몇의 표정은 점점 더 감탄

하는 얼굴로 변했다.

"옷이 다 말랐어. 뜨겁지도 않아."

"…어떻게 만든 거야?"

"이게 가능해?"

메이지 복장의 인물이 연신 중얼거리며 내가 만든 태양의 붉은빛에 홀린 얼굴이었다.

보는 눈은 있어 가지고.

이 태양이 지금은 빗속에서 몸을 데우는 역할에 머물고 있지만 종국에는 녹이지 못하는 금속이 없을 정도로 발전할 것이다.

아니, 그렇게 되어야 한다.

일단과의 도제 관계도 그것으로 청산될 것이다.

'형상 복원 금속, 타이타늄을 녹이려면 마법 태양로가 있어야 한다.'

그 태양로를 만들어야 하는 게 메이지 지오의 과제였다.

참고로 일단은 타이타늄을 녹이는 데 약물의 힘을 빌리려 하는 중이었다.

그렇기에 연구의 방향이 서로 다른 것이다.

누가 먼저 타이타늄을 녹이느냐?

일단과 나와의 보이지 않는 경쟁이다.

하나 지금 만든 마법 태양은 사람 몸을 데울 정도이니 언제 발전할지… 그렇게 부드러운 온기 속에서 상념에 빠져 있는

데, 신경을 건드리는 말이 들려왔다.

"생활 마법 가지고 뼈기기는."

나는 삐죽거리는 목소리의 주인을 찾았다. 왠지 거슬렸다.

그녀 역시 메이지였다.

내가 만든 이벤트가 궁금해서 선두 무리에서 찾아왔다가 내 심술에 배알이 꼴렸나 보다.

그러든지 말든지… 만들어보던가.

오렌지빛 광구는 내 의지에 반응해 풍성한 로브 안으로 빠르게 빨려들어 갔다.

에에― 하는 아쉬움의 탄성이 길게 이어졌고, 왜 시비를 걸었느냐는 눈빛들이 그녀에게 쏠렸다.

많은 이들의 불만에 찬 시선이 자신에게 향하자 그녀는 그제야 당황한 표정을 지으며 우물거렸다.

"으음, 그러니까…….''

이렇게 적대적인 시선이 자신에게 몰릴 줄은 몰랐나 보다.

나 역시 이런 반응은 의외였다.

…그렇다, 내가 만든 태양에 관한 정보를 탐색하고 있었음이다.

"씨잉―"

그녀는 이내 볼을 풍선처럼 부풀리고는 휙 토라져 자신의 무리로 돌아가 버렸다. 무리에 도착해선 살짝 돌아서 나를 노려보는 걸 잊지 않았다.

혼하다, 평범하다, 그 어떠한 개성도 없다.

그렇기에 더 눈에 들어왔다.

그리고 빛나는 존재들 속에서 어둡다.

쉬운 상대가 아니다!

본능적인 경고 신호가 머릿속에서 울려댔다.

아나나 다를까, 어수룩한 어투의 메이지가 내 어깨를 툭, 치며 말했다.

"쯧쯧, 막둥이님이 큐브님에게 찍혔구만. 보이기엔 평범해도 보통내기가 아니거든."

"……?"

기브 미 인포메이션!

내 눈빛에 상대는 고개를 끄덕였다.

"후훗, 큐브님은 다크 메이지라는 히든 클래스를 부여받은 E&T의 성골(聖骨)이야. 다크 메이지? 저주의 달인이지. 머리카락 한 올, 실밥 하나라도 그녀 손에 넘어가면… 가상의 삶은 지옥으로 화하지."

"구체적으로."

"결정적인 딜 타임에 원인 불명의 뻑이 난다고 생각해 봐. 그 결과 파티원들이 줄초상당하고… 큐브의 저주에 걸려 캐릭 삭제하는 작업장 멤버를 여럿 봤지. 이제부턴 눈도 마주치지 마. 큭큭큭."

"……"

순간, 꽃이 활짝 핀 것 같은 미소를 짓는 미요가 떠올랐다.

궁극의 저주체(詛呪體)!

'아씨, 걍 마녀잖아!'

헤헤, 그 정도로 히든 클래스를 부여받은 성골께서 설마 빈정 상하진 않았겠지.

남의 불편함을 즐기고 있음인가.

나는 옆에서 놀리듯 정보를 알려준 이 악취미의 인물을 그제야 살폈다.

둥글둥글한 몸과 동전 같은 눈으로 호의를 몸 전체로 발출하는 메이지였다. 체형에서부터 얼굴까지 원을 연상시키는 것이, 메이지 로브의 배 부위에 이르러서는 터져 나갈 듯이 빵빵했다.

한마디로 3D 웹툰에서 튀어나온 개그 캐릭터 같다고나 할까.

그렇다고 만만한 인물이 이 자리에서 한자리를 차지하고 있을 리 없으니… 긴장의 끈을 붙들어맸다.

그는 오늘 처음 보았는데 십 년을 한 동네에서 함께 산 것 같은 친근함으로 다가왔다. 아마도 그것이 그의 최대 무기리라.

나의 경계함이 전해졌음인가.

"차차 알아 가자고. 난 또라이몽. 오늘 행보를 보니 하루 이틀 안에 끝날 원정이 아닌 것 같지? 가는 동안 우리 잘 지내

자고."

어감엔 성실함이 가득했다.

다시금 경고 경보가 머릿속을 휘저었다.

강호 용어로 '선자불래(善者不來)'라.

메이지 지오, 뭐 볼 게 있는 캐릭이라고 접근하려 함인지.

그 순간 큰곰이 또라이몽 어깨너머에서 눈 깜박임 신호를
보내왔다, '당분간 동맹'이라고.

"지오, 메이지 지오입니다. 저야말로 부탁합니다."

건넨 손을 맞잡자 그는 호들갑스럽게 아래위로 흔들며 헤
헤거렸다. 웃고 있는 눈은 깊었다.

또라이몽과 인사를 나누자 몸을 녹인 몇몇이 감사 인사를
건네며 캐릭명과 클래스를 밝혀왔다. 또라이몽의 동맹자들
이었다.

한나절 내내 큰곰이 포섭한 형제 작업장의 동맹자들이기
도 했다.

그렇게 한 명씩 안면을 트고 있는 사이에 추적추적 내리던
비는 어느새 폭우로 변해 들이붓기 시작했다.

날씨는 원정대를 도와주지 않았다.

폭우가 지도부의 언쟁을 집어삼켰고, 처음으로 만장일치
노숙 결정이 내려졌다.

동아리별로 뭉쳐 캠프파이어를 만들고 텐트를 치는 수순
으로 안전지대 설정 세팅을 밟아갔다.

아늑한 텐트 안에서 순조롭게 로그아웃을 선언하려는 순간, 폭우를 뚫고 들려올 정도로 어수선함이 커졌다.

"로그아웃이 안 먹혀!"

"아웃 자체가 안 돼!"

곳곳에서 다급한 비명이 터져 나왔다.

"안전지대 설정이 자꾸 풀려. 거기도 그래?"

"우리도 그래. 안전지대 설정이 전혀 먹히지 않아!"

원정대의 당황은 컸다.

의문은 곧 풀렸다.

딩동, 딩동!

경고음이 울리며,

여러분이 만드는 한국 E&T입니다.

이곳은 Part 2 권역입니다. Part 1 지역에서 넘어온 유저들의 안전을 보장할 수 없습니다. 안전한 로그아웃을 원하시면 Part 1 권역으로 물러나셔야 합니다.

현재 이 지역은 바미안 영주가 인정한 유저만이 안전지대 설정이 유효하며, 무사히 로그아웃할 수 있습니다.

바미안 영주의 포고를 참조하시길 바랍니다.

위기 탈출 팁:바미안 출신 유저를 고용하면 안전한 야영지를 만들 수 있다.

내가 그렇게 심통을 부려놓았구나.

메이지 지오, 바미안의 가신으로 등록되어 있습니다. 파편 전쟁에서 놀라운 함정을 고안한 수훈자로, '타락한 군주[Lord]를 저지한 자' 타이틀 보유자입니다.

메이지 지오는 '타.군.자' 타이틀의 당당한 획득자로 무수한 혜택이 주어졌다.

…중략……. 당당한 Part 2 유저로서 안전지대 설정이 가능합니다. 당신의 안전한 로그아웃은 바미안 영주의 권능으로 보장됩니다.

당연한 것 아닌가. 이는 피땀 흘려 쟁취한 나의 권리였다.

한데… 주변 반응이 심상치 않았다.

"빌어먹을 바미안 영주!!"

"혼자 잘 처먹고, 똥통에 빠져 뒈져 버려라—!"

"아우, 빡 돌아!!"

바미안 영주를 향한 저주가 원정대 안에서 봇물 터지듯이 터져 나왔다, 누구 하나 예외없이.

다들 주먹을 불끈 쥐고 비 오는 하늘을 향해 찔러대며 저주를 퍼부어댔다.

졸지에 원정대 캠프는 바미안 영주를 성토하는 집회장으

로 화하더니 어정쩡한 얼굴로 서 있는 나와 두 곰이를 못마땅하게 보는 시선이 쏠렸다.

당신들은 뭐냐는 물음이 노골적으로 배어 있었다.

당연 내 눈치를 보는 두 곰이었다.

바미안 영주가 지오고, 메이지 지오가 그 지오니까.

…끙, 이 한 몸 희생합죠.

입을 열었다.

"바미안 영주에게 죽음을, 원정대에 영광을—!"

나의 선창을 따라 두 곰이 기다렸다는 듯이 구호를 따라 했다.

"바미안 영주에게 죽음을, 원정대에 영광을—!"

"바미안 영주에게 죽음을, 원정대에 영광을—!"

한 사람의 선창에 두 사람이 따라 외치니 방금 안면 튼 또라이몽이 고개를 끄덕이며 복창 대열에 가세하기에 이르고, 순식간에 중구난방식으로 퍼부어대던 저주들이 내가 일으킨 선창으로 일통되어 버리고 말았다.

결국 난 모두의 시선을 의연히 받으며 외쳤다.

"바미안 영주에게 죽음을, 원정대에 영광을!"


"바미안 영주에게 죽음을, 원정대에 영광을!"


분노의 열기가 원정대 캠프를 지배했다. 질투와 질시의 마이너스 에너지가 넘실거렸다.

하나 원정대의 분열은 나로 인해 봉합되었음이라.

그런 나를 바라보는 두 곰이의 눈에 눈물이 그렁그렁 맺혀 있었다. 웃음을 억지로 참고 있음이다.

좋냐? 좋아?!


좋아 죽는구나… 젠장.


*       *       *


집행부는 삼 교대로 휴식을 취하기로 했다.

티켓을 끊은 사장님들이야 내일 접속할 시간을 정하고 주인장 부재 모드에 들었다. 이를 보호하는 것은 티켓을 판매한 작업장주들의 소관이다.

현실에서의 노숙과 다를 바 없는 상황이 펼쳐졌다.

그렇게 번을 서는 멤버가 휴식에 든 멤버들이 지켜야 함인데… 나는 티켓을 끊은 당당한 사장으로서 휴식을 취할 권리가 있었지만 느낌은 위험을 경고하고 있었기에 접속을 유지하고 있었다.

'Part 2 권역이 이렇게 평화로울 리가 없어. 그리고 밤은 곤충들의 시간이고.'

역시 흐르는 상황이 만만치가 않았다.

콰광—!

주황색 섬광과 함께 거대 곤충의 잔해가 어두운 하늘에 흩뿌려졌다.

비는 멎었다. 하나 정글의 모기떼처럼 달려드는 거대 곤충을 상대로 한 산발적인 전투는 모두를 지치게 만들기에 충분했다.

거대 곤충들은 Part 1에선 단 한 번도 보고된 적 없는 장갑 곤충 무리로, 제압하기 어렵진 않았다. 단지 스스로의 몸을 터뜨려 강산 체액을 유저들에게 뿌려 모두를 당황하게 만들기에 충분했다.

퍼펑— 푸스스스.

오렌지색 형광 빛 안개가 유저들을 덮쳤다.

데미지는 없다.

도발하는 몬스터 시리즈는 '껌' 이다. 하나 그 행동 양식은 짜증을 불러일으키기에 충분했다.

아이템이 강산에 노출되었습니다. 아이템 내구도가 급속도로 떨어집니다.

수리 가능한 최저 내구도를 위협하고 있습니다.

이내 짜증에 찬 목소리들이 터져 나왔다.

"맙소사! 장막을 투과해 들어와!"

"제길, 어떻게 마련한 아이템인데… 이런 식으로 내구도를 떨어뜨리면 어떻게 복구하라고?!"

"메이지들! 다가오기 전에 떨구라고. 갑옷이 부식되잖아."

"씨바, 직접 해보던가. 알지도 못하면서……."

낮이라 해도 고속으로 움직이는 비행체 요격은 힘든 과제다. 하물며 어둠 속에서 명멸하는 반딧불을 요격하기란 고도의 집중력을 요했다.

인간이 가진 어쩔 수 없는 반응의 한계다.

무차별 난사가 해결 방법이지만 보유한 마력이 무한정일 수는 없는 일이었다.

종국엔 이 숲의 네임드 몬스터, 아니면 보스 몹이 등장할 때면 아이템의 내구도나 유저들의 집중력은 바닥나지 않을까 싶었다.

역시, 새벽이 되자 장갑 곤충들의 기세가 심상치 않았다

수박통만 하던 장갑 반딧불들의 크기는 두 배로 커졌고, 숫자는 세 배로 증가했고, 지상에선 불길한 마찰음이 그 크기를 키워오고 있었다.

급기야 숲 속의 검은 장막에서 붉은 점이 하나둘 선명하게 생겨나기 시작했다. 붉은 눈을 반짝이는 것이, 장갑 개미로 추정되었는데 이미 낮에 접해보았다.

까각까각.

장갑 개미들은 더듬이를 비비는 듣기 거북한 소리를 신경 질적으로 토해냈다, 한낮의 패배를 설욕하겠다는 듯이.

조명 마법이 터지며 숲 속을 비추자 지면을 뒤덮은 그 위용이 드러났다.

"뭐, 뭐야? 저렇게 많아도 되는 거야?!"

드러난 개체들의 크기 또한 예사롭지 않았다. 낮에 접한 장갑 개미가 어른 팔뚝만 했다면 지금 다가오는 장갑 개미들은 성인 장딴지 크기였다.

두부에 돌출한 집게 턱의 길이가 60센티는 넘는 것이, 비싸게 디자인한 티를 팍팍 풍겼다.

낮에 접한 장갑 개미가 일개미라면 이들은 병정개미지 싶었다.

그렇게 하늘엔 장갑 반딧불, 땅에는 장갑 개미 떼가 캠프의 안전을 위협하며 조여들었다.

교대자만으론 역부족인 상황.

"멤버들을 전부 깨워요. 비상! 비상!"

"로그인, 긴급 로그인!!"

비상연락망에 불이 났다.

나는 두 곰이 접속하는 것을 확인하자마자 동아리를 보호하는 결계를 거두었다.

큰곰이의 눈은 붉게 충혈되어 있었다. 쉬지 않고 야동을 감상했음이라. 내 시선을 의식한 큰곰이가 겸연쩍은 미소를 지어 보였다.

'…에로 곰탱이. 그새 즐감하셨수?

최상의 상태를 유지하기 위해 시간을 조정해 주었건만.

막 발악하려는데 작은곰이가 고개를 흔들며 문자 한 토막
을 내게 전달했다.

[…바미안을 향해 출발했습니다.]

"끙."


질기구나, 질겨.

Act 05
금속충(金屬蟲) 계곡의 주인

機甲戰記
Massacre
기갑전기 매서커

캠프 변두리에서 치열한 교전이 한 시간째 이어졌다.

장갑 곤충 무리는 유저들이 여유 부릴 틈을 주지 않고 하늘과 땅에서 밀려들었고, 자신들의 몸을 한 점의 의심도 없이 터뜨려 댔다.

쏟아지는 황색의 강산과 날카로운 금속 파편 더미가 방어막을 뒤흔들었다.

쨔룽— 콰광!

유저들은 작업장의 핵심 멤버들답게 밀리지 않고 잘 막아내고 있었다.

형형색색의 에너지 덩어리들이 밤하늘과 지상을 수놓았다.

과연 명불허전!

하나 지쳐 하는 모습이 역력했다.

"크으, 마력 오링! 스위치 부탁합니다. 이따위 물 몹 따위
에……."

"방어막을 회장님들 위주로 운영합니다. 사장님들, 죄송합
니다."

우리를 보호하던 방어막이 열어지며 뒤로 방어막 하나가
새로 생겨나는 게 느껴졌다.

물론 고의는 아니었다. 그만큼 이들은 소모가 극심한 전투
를 치르고 있었다.

경험치도, 아이템도 주지 않기에 더욱 유저들을 지치게 했
다.

금속 갑충들, 물 몹은 물 몹인데 Part 2 몬스터다웠다.

나는 결정을 내려야 했다.

개입할 것이냐, 말 것이냐?

지키고 싶은 사람도, 친교를 맺고 싶은 단체도 없는 상황에
밉기보다는 얄미운 사람들의 일시적인 모임이다.

한 팔 거들기는 싫다.

그렇게 결정했다.

나만의 방어막을 일으키려는데 등 뒤로 낯선 인기척이 느
껴졌다.

"우우, 어디로 가야 돼요?"

겁을 잔뜩 집어 먹은, 눈이 큰 아가씨가 어느새 내 곁에 다가와 있었다.

아침에 보았던 기획사 소속 아이돌은 아니었다. 의상 담당 코디인 듯 짊어진 노란색 보따리가 얼마나 큰지 달팽이가 연상될 정도라 하루 종일 눈에 띄는 존재였다.

낑낑거리며 뒤처져 내 옆까지 낙오하길 수차례였다.

매 시간 옆을 돌아보면 어느 사이엔가 와 있었다.

그 모습이 등짐을 대신 짊어주고 싶을 정도였다.

하도 딱해 보여 대신 들어주겠다고 하니 그녀는 자신의 일이라며 단호하게 거절했다.

실제 기획사 멤버들과 아이돌은 그녀를 달팽이라 불렀다.

짐 가방을 보니 싸구려 백팩이었다. 들어가는 가짓수는 많은데 무게는 고스란히 느껴야 하는 그런 가방이었다.

아무튼 낮에 잠깐 마주친 것뿐인데 등 뒤에 붙어 우왕좌왕하며 안절부절못해하고 있었다.

"우우, 애들 옷을 내가 다 들고 있는데… 죽으면 안 되는데. 아저씨, 어디로 가야 돼요?"

빠직!

…아저씨라니? 이 아줌마가.

화도 나지 않았다. 단지 허탈할 뿐이었다.

어떻게 이런 일반인이 원정대에 끼어 있을 수 있단 말인가.

당황하면 말이 많아지는 타입의 아가씨라.

무시하기로 하자. 내가 책임질 이유가 없다.

손가락으로 거목 아래 회장님들이 모인 곳을 가리켰다.

'징징이는 가라.'

그녀는 가방이 쏟아져라 인사를 꾸벅 하고는 뒤뚱뒤뚱 걸어갔다.

사라지는 그녀의 머리 위로 황색 강산과 새파란 금속 파편이 쉼없이 떨어져 내렸는데, 우습게도 그 비대한 백팩이 우산이 되어 그녀를 보호하는 역할을 했다.

피식 하고 쓴웃음만 나왔다.

한데 그녀는 몇 초 만에 다시 나타났다.

"우우, 방어막을 걸을 수 없대요. 어쩌죠?"

어쩌라고?! 짜증이 치밀어 모른 척했다.

"우우, 죽으면 티켓 값 물린다 했는데……. 나는 따라가기 싫다 했는데. 우우, 티켓 값이 비싸다고 들었는데……."

나는 절로 고개가 돌아갔다. 그녀의 눈은 그렇하게 절망으로 가득했고 강산에 노출된 달팽이 집 같은 백팩은 노란색이 회색으로 바래진 상태였다. 그녀는 백팩이 부서지면 그 안에 든 내용물이 몽땅 튀어나온다는 걸 알까?!

그녀는 원정대가 쉬는 동안 변덕스러운 아이돌들의 푸념을 다 들어가며 의상들을 꺼내 고쳤다.

이 한심스런 징징이는 도와주기 싫었지만 입을 옷이 없을 아이돌이 무슨 잘못이랴.

아이돌이 성전 기사단 복장으로 바미안에서 축하 공연하는 일만은 보기 싫었다.

"내 뒤에 붙어 있어요."

"우우, 네, 네. 감사합니다."

한데 이 아가씨는 이 많은 고수 집단 가운데 유독 나에게 의지하는 이유는 왜일까?

가방을 들어주겠다고 해서?

그건 아니리라.

역설적으로 가상 세계가 낯설기에 본능이 이끄는 대로 강한 상대를 찾은 것이리라.

여하튼 이제부터는 이 지오님의 플레이 타임.

나는 스태프 끝에서 결계를 만들어내려 했던 '장막의 구슬'을 빼냈다. 그리고 환한 주황색 구슬로 교체했다.

마법 구슬의 색과 크기는 전형적인 '화염 구슬'의 모습이었다.

"결정했냐?"

큰곰이가 기대에 찬 얼굴로 길게 웃으며 물어왔다.

나는 씨익 웃으며 어깨를 으쓱하는 것으로 대답을 대신했다.

그리고,

"여기 우렁 각시 좀 부탁해요."

"우우……."

그녀는 내 뒤에서 고개를 도리도리 저었다. 그러고는 큰곰이를 마치 몬스터 보듯이 노려보았다.

…역시 본능적이군.

"이제부터는 진짜 위험해요. 그럼 뒤에 있지 말고 옆에 붙어요."

"우우."

그녀는 고개를 끄덕이며 옆으로 이동했다. 눈은 나를 향한 믿음으로 가득했다. 궁지에 몰린 인간의 막연한 기대로 가득했다.

멀리서 외침이 있었다.

"거기, 사장님. 방어선 뒤로 물러나세요. 죽으면 책임 안 집니다. 분명 경고했어요!"

파티장의 신경질적인 경고였다.

바로 눈앞의 방어선이 무너진 지가 언제인데 방어선 뒤로 물러나라니. 나와 두 곰이가 여전히 자리를 지키자, 다시 한 번 신경질적인 외침이 들려왔다.

"아니, 저 작자들이. 몰라! 기록에 남깁니다."

---

파티장의 지시를 당신은 거부했습니다. 지금부터 당신의 안전은 파티와 원정대의 고려 사항이 아닙니다.

오히려 바라는 바였다.

'이런 식으로 백날 방어만 해서는 오늘의 주인공이 행차할 리가 없지.'

들려오는 경고를 무시하고 방어선의 취약한 한 축에 자리했다.

그러고는 장딴지뼈가 연상되는 스태프를 겨드랑이에 끼고 마력을 불어넣었다.

마력이 주입되자 칙칙한 회백색 스태프가 밝은 유백색으로 빛났다.

"우우, 아름다워요."

옆에서 긴장감 결여된 감상이 흘러나왔다.

메이지의 마력은 끌어올린 동화율의 또 다른 치환이라 할 수 있었다. 내리쬐는 태양과 졸졸 흐르는 물, 무기력한 바람이 우리 생활에 필요한 전력으로 전환되는 이치와도 같았다.

모든 클래스 가운데 메이지 클래스는 그리 몰입 못할 클래스는 아니었다. 그저 우리의 현 생활이 마법으로 구동한다 생각하면 되니까.

마력이 집중되자 주황색 구슬의 색깔이 새파랗게 변모했다.

이 장착형 마법 구슬을 손수 만들긴 했지만 실전은 처음이다.

스태프 끝에서 발생한 열기로 후웅— 거리며 공기층이 이지러졌고, 타닥거리는 미약한 아크 방전이 구슬 표면을 타고 흘렀다.

쩌적!

압축된 고열을 이기지 못해 구슬에 금이 가는 게 눈에 보이고, 손끝에 가느다란 진동이 전달되었다.

마법 발동.

"플라즈마 애로우—!"

빠우웅—

주변 모두의 시선을 집중시키는 굉음이 터지며 새파란 에너지체가 스태프 끝을 종심(縱深)으로 부채꼴 모양대로 퍼져 나갔다.

새파란 에너지 다발이 하늘과 땅을 뒤덮은 장갑 곤충 무리의 깊은 곳까지 관통했다.

주변의 모든 굉음과 빛의 군무를 이 한 번의 마법이 집어삼켰다.

"우우, 굉장해요."

큰곰이 결과를 관찰하려고 뒤로 접근해 왔다.

안 돼! 이 스태프엔 유일한 단점이 있다고!

경고할 겨를도 없이……

퓨슝, 치이이이익—

땅을 향한 스태프 끝에서 고열의 후폭풍이 뿜어져 큰곰이를 덮쳤다.

"꺄욱—"

큰곰이의 몸을 두른 방어막이 깨져 나가며 엉덩방아를 찧고 말았다.

"…지오, 너, 너."

절대 고의가 아니라니까.

큰곰이가 뭐라 하든 나는 눈앞에 펼쳐진 결과를 주시했다.

코앞까지 당도한 붉은 눈 병정개미의 잔해 위로 거대 반딧불의 사체가 수북하게 쌓여 있었다. 아직도 잔류 플라즈마 에너지가 방전되며 새파란 스파크가 사체 더미 위로 튀었다.

녹아 문드러진 촛농 더미가 이럴까.

한 시간의 씨름이 무색해지는 결과이기에 주변 유저들도 벌린 입을 다물 줄 몰라 했다.

당신은 장갑 병정개미 48마리, 장갑 반딧불이 56마리를 일시에 소멸시켰습니다.

공헌도 분석. 열여덟 명의 파티원 중 기여율이 28%로 최고이며 원정대에서 상위 3% 내에 랭크되었습니다.

파티장의 결정에 따라 경험치는 메이지 지오 외 2인에게 부여됩니다.

멀리에서 파티장이 허망하게 중얼거렸다.

"말도 안 돼… 이건 사기야."

그러게. 나도 놀랐수다.

> 당신은 '타락한 군주의 준동을 저지한 자'로서 보름간 Part 2 몬스터에 대해 공격 보너스가 8% 가산 적용 중입니다.

그렇다. 다 이유가 있는 결과인 것이다.

수천 마리의 코볼트를 몰살시킨 함정을 고안하고 지휘한 메이지 지오이기에 가능한 보너스 부여였다.

참고로 큰곰이 캐릭의 공격 보너스는 5%였다.

비록 상점 돌리는 비전투 상인 캐릭이지만 여기 모인 어느 유저보다 Part 2의 몹들에게 강할 수밖에 없는 것이다.

스태프가 가늘게 진동했다.

하나 내가 원하는 메시지는 이게 아니었기에 따끈하게 달아오른 회백색 스태프를 쓰다듬었다. 칙칙한 회백색의 볼품 없는 메이지 스태프지만 오우거 장단지뼈를 가공해 만든 것이다.

한 번 발현에 마력 소모는 불과 12% 내외니… 위력 대비 마력 효율이 이 정도면 거저 아닌가.

손수 제작한 '오우거 스태프'가 놀라운 마력 전이 효율을 발휘했습니다. 동화율 증폭 또한 12%에 달합니다. 이달의 '핸드 메이드 아이템' 콘테스트 참여를 추천합니다.

어허, 어딜 노하우를 빼갈려고.

당신이 고안한 마법구 '플라즈마 구슬'이 실전에 당당히 데뷔했습니다.
마법진 이식 성공률이 상승하였습니다.
독점적 소모품 등록과 판매를 허가합니다.

바미안의 특산품으로 등록해야겠다.
순간 커다란 시그널이 울렸다.
두둥—

메이지 지오, 당신은 마법 무구 제작자인 '아티펙터' 칭호를 사용하실 수 있습니다.
아티펙터로서 당신이 제작한 마법 무구의 마력 효율이 2% 개선되어 제품의 신뢰도를 높여줄 것입니다.

오옷, 바로 이거야!
이 몸에게 절실히 필요한 타이틀을 드디어 획득했다.

아무리 징검다리 타이틀이지만 돈만 까먹고 있던 메이지 지오였다. 아이템을 제작한들 누가 거들떠나 보겠는가.

이제 당당한 아티펙터로서 돈 좀 만질 수 있다는 말이다.

아크 메이지로 가기 위한 계단 하나를 당당히 디딘 셈이다.

주위의 경악에 찬 시선을 무시하고 얼른 금이 간 플라즈마 구슬을 스태프 끝에서 뽑아냈다. 이글거리는 붉은 구슬이 발 끝에 떨어져 퍼석 부서지며 뿌연 수증기를 뿜어냈다.

나는 곧 새 플라즈마 구슬을 스태프 끝에 박아 넣었다.

처컥.

경쾌한 마찰음을 내며 스태프의 빈자리를 메웠다.

각도를 15도 비틈과 동시에 동화율을 일으키며 마력 주입… 플라즈마 방사—

뿌아아앙—!!

굉음에 이어 푸른 섬광이 분출하며 뜨거운 후폭풍을 다시금 토해냈다.

"우억!"

녹아내리는 몬스터를 대신해서 큰곰이 비명을 다시금 질러주었다.

살짝 흔들어 구슬 털기, 구슬 장착에 이은 마력 주입, 플라즈마 방사… 터져 나오는 굉음과 뜨거운 후폭풍의 방출.

녹아내리는 장갑 곤충 무리…….

놀라운 연속 타격 성공!

당신은 대량 살상 마법에 탁월한 소질의 소유자임을 다시 한 번 입증
했습니다. 오늘 하루 마력 소모가 3% 효율로 개선 적용될 것입니다.

숲에 적막이 찾아왔다.

뭐에 홀린 듯한 가느다란 목소리가 옆에서 들렸다.

"우우, 멋있어요."

         \*         \*         \*

'자, 이러고도 안 나와?! 나오라고?!'

졸(卒)이 감당할 수 없으면 장(將)이 나선다!

이는 몬스터 인공 지능의 기초이다.

보스 몹을 잡지 못하면 다음 장소로 갈 수 없다! 게임의 전
통적인 룰이 아니던가.

아니나 다를까.

100미터 전방에서 원형의 평면이 크기를 키워가며 생겨나
고 있었다.

공간이 왜곡되고 있었다.

원은 종국엔 직경 100미터로 자라나더니, 원을 중심으로
검은 소용돌이가 휘몰아쳤다.

지이이이이잉―

공간을 찢는 파열음을 시작으로 심연의 와류 속에서 거대한 무언가가 조금씩 튀어나왔다.

"우우, 너, 너무 커요."

전형적인 공간 이동임에도 그 규모에 다들 질린 듯했다.

쿵―!!

지축이 뒤틀리는 진동이 발끝을 타고 올라왔다.

'왔구나!'

우그덩!!

아름드리 거목을 넘어뜨리며 거대한 그림자가 몸을 일으켰다.

눈앞에 펼쳐졌던 비현실적인 공간 왜곡 현상이 사라지며 뿌옇게 밝아오는 대기 중으로 얇은 철판을 현으로 켜는 듯한 소리가 길게 울려 퍼졌다.

ㅂㅇㅇㅇㅇ응―

금속 갑충 계곡의 주인, '갑갑한 가브가브'를 자극했습니다.

오래 기다리셨습니다.

機甲戰記
Massacre
기갑전기 매서커

새벽 대기가 팽창과 수축을 반복하며 은은하게 흔들렸다.

캠프 방어선까지 몰려들었던 수많은 갑충들이 빠르게 뒤로 물러나며 소리가 들려오는 방향을 향해 일제히 고개를 치켜드는 식으로 경의를 표했다.

이는 '납시오' 분위기.

"이건 말도 안 돼."

"이럴 수가……."

다들 믿지 못하는 얼굴들이었다.

중간 보스도 거치지 않고 필드 마지막 보스가 등장한 것이니.

원정대는 하루 온종일 보스 몹을 자극하기 위해 이리 들쑤시고 저리 들쑤시고 다녔다. 그렇게 여러 가지 방법으로 자극했지만 눈앞의 가브가브는 전혀 반응하지 않았었다.

하나 나의 플라즈마 몇 방에 행차를 결행했으니 이는 자신을 위협하는 적으로 나를 의식한 것이다, 오직 나 하나를.

파티장이 중얼거렸다.

"이건 우연이야… 맞아, 등장할 시간이 되어서 나타난 거야."

그때 전체 메시지가 떴다.

> 앞서 가는 모험가의 도전에 금속충(金屬蟲) 계곡의 주인이 긴장하고 있습니다. 가브가브는 사력을 다해 앞서 가는 모험가의 도전에 응할 것입니다.

거대한 그림자를 향하던 시선이 다시금 나에게 모아졌다.

"어딜 봐서 앞서 가는 모험가란 말이야?! 나올 만하니까 나오는 거지. 쳇."

주변 유저들은 보스 몹의 갑작스러운 등장보다 허접해 보이는 내가 '앞서 가는 모험가' 로 치켜세움받은 걸 인정하기 싫은 모습이었다.

게다 버스 티켓을 끊은 사장이다.

"순 아이템 빨이구만."

어디든 꼭 남의 성공을 깎아내려야 직성이 풀리는 인간이 있다.

한 유저가 내 손에 든 스태프를 노골적으로 노려보았다.

어디서 그런 사기 아이템을 챙겨왔냐, 이거였다.

'알았어, 알았다고. 돈 싸 들고 찾아오면 만들어… 줄까, 말까?!'

지면이 들썩이자 질투의 시선은 빠르게 걷혔다. 지금은 무엇보다 앞을 집중해야 했다.

쿵— 쿵! 퍼적, 우르릉!

아름드리나무가 픽픽 쓰러지며 검은 그림자의 정체가 눈앞에 길게 드리워졌다.

드디어 가브가브의 실체를 확인하는 순간.

"…말도 안 돼……."

실체를 확인하자 다들 입들이 쩌억 벌어졌다.

우선 사이즈만큼은 Part 2답게 압도적으로 웅장했다.

눈 없는 삼각형 머리, 가슴에 붙은 전갈의 앞발, 배와 가슴 마디에 붙은 사마귀 타입의 또 다른 앞발, 배 밑에 붙은 송곳 형태의 여덟 쌍의 다리가 육중한 거체의 균형을 잡아주고 있었다. 거기에 기사의 판금 갑옷을 연상시키는 등짝, 타이어 튜브를 이어놓은 듯한 배까지… 높이 12미터, 길이 28미터에 달하는 기괴한 곤충이었다.

윤기 나는 장갑 표면은 금속 특유의 질량감인 흑녹색으로 번들거렸다.

갑갑한 가브가브. 정삼각형을 이룬 머리엔 눈이 없고, 평평한 정수리에는 곤충 특유의 더듬이 대신 형태를 갖추지 못한 작은 왕관이 자리 잡고 있었다. 그것으로 보아 필드 보스이지만 여전히 성장 중이라는 점을 알 수 있었다.

그 순간 가브가브 머리의 편편한 표면에 붉은 형광 빛 이모티콘이 생겨났다.

××에서 ++로 곧 ——로⋯ 이는 자신이 괜히 나왔다고 말하는 듯했다.

가브가브는 브으으으— 하며 왕관을 떨어 기음을 토해냈고, 물러난 장갑 곤충들이 이에 감응하며 몸을 부르르 떨었다.

이어 하늘에서 땅에서 대기하던 거대 곤충들이 캠프를 향해 일제히 몰려들었다.

땅은 검붉었고, 하늘은 검은 그림자로 이내 새벽 별빛을 집어삼켰다.


캠프는 밀어닥친 몹들의 물량으로 순식간에 혼란에 휩싸였다.

완벽하게 포위된 상태.

가브가브는 머리를 180도 좌우로 돌리며 뭔가를 찾는 듯했다.

그러더니 다시 나에게 머리를 고정한 채 복잡한 이모티콘을 만들어냈다.

생명체의 반응이라기보다는 마치 정보를 토해내는 전광판을 연상시켰다.

그 모습은 혼란스러워하는 게 역력했다. 하나 공기의 조여옴은 분명 나를 노리고 있었다.

그런 나와 보스 사이에 불청객들이 끼어들었다.

"너, 잘 만났다."

"죽어서 껍질을 남겨라!"

자신만만한 외침이 여기저기서 터져 나왔다.

누가 불러냈든 기회를 잡았다 생각함인가.

그들은 필드 보스를 상대하기 위해 미리 약속된 원정대의 최정예들이었다.

극한의 레벨에 극상의 아이템과 히든 클래스만의 비기로 무장한 작업장 업계의 초월자들로, 그 수는 모두 열여덟 명이었다. 그리고 그들을 보조하는 8인 파티 두 개 조가 뒤를 받치고 있었다.

뛰쳐나가는 그들 머리 위로 각양각색의 가호(버프)가 떨어져 내렸고, 18인 모두는 순식간에 빛의 화신으로 화(化)했다.

"불모의 대지ー!"

"착란ー 환멸ー 혼란!"

"드러나는 약점."

중첩된 광역 스킬이 가브가브가 위치한 지역에 떨어져 내렸다.

동시에 가브가브의 몸체가 투명하게 팽창하며 발광했고, 이 팽창한 막에 유저들이 발한 스킬 이펙트가 충돌했다.

짜그랑—!!

형형색색의 투명한 유리 장막이 가브가브의 주변에서 터지며 정예 인원들이 투사한 스킬들이 무효화되어 버렸다.

이어 부서진 투명한 파편이 대기에 먼지로 흩어지며 다시 가브가브에게 고스란히 흡수되었다.

내 눈엔 분명 그렇게 보였다.

그럼에도 열여덟 명에 달하는 최정예들은 한 점의 당황함도 없이 거리를 좁히며 장갑 사마귀를 향해 다시 달려들었다.

레어 스킬들의 영창에 이어 형형색색의 이펙트가 생겨나 다시금 근거리에서 가브가브를 향해 달려들었다.

수많은 에너지체가 발하는 빛은 눈이 시큰거릴 정도로 강렬했다.

그 순간 가브가브가 반응했다. 머리 아래, 좁은 가슴의 중심에 자리 잡은 주먹만 한 파란 구체가 발광했고, 몸체를 중심으로 기하학적인 문양의 투명한 막이 생겨났다. 문양은 미세한 집적 회로 기판을 연상시켰다.

브바아앙—

수많은 마력체와 물리체들이 팽창된 문양에… 빨려들어

갔다.

파란 구체의 빛이 다시금 밝아졌고, 가브가브의 전체 표면에 옅은 윤기가 돌았다.

'빌어먹을. 에너지를 흡수하고 있다.'

이는 무엇을 말함인가?

그렇다. 첫 충돌에서 가브가브는 유저들의 특성을 파악했음이다.

정예들도 그 점을 모를 리 없었다.

얼굴이 굳어지며 기형의 병장기를 움켜쥔 근접 밀리터리 격수들이 돌진했다.

집채만 한 방패를 앞세운 기사, 폭 넓은 날의 도끼를 짊어진 벌거벗은 야만인 전사, 거대한 양손검을 머리 위로 치켜든 용사, 균형 잡힌 한손검을 양손에 나눠 쥐곤 지면을 끌며 달리는 용병…….

그들의 움직임엔 박력과 자신감이 넘쳤고… 이는 다 이유가 있었다.

그들의 병장기 표면을 타고 고유의 오러들이 스멀스멀 피어올랐다.

움직이면서 오러를 만들어내다니.

접근하면 할수록 오러의 길이는 더욱 자라났다.

가히 경탄할 만한 동화율임이 틀림없었다.

우렁찬 기합이 터져 나오며 오러에 휩싸인 병장기들이 가브가브와 격돌했다.

"……."

모두가 기대하던 오러가 발휘하는 깔끔한 절삭음은 없었다.

단지 깊고 긴 무음의 시간만이 흘렀다.


전갈의 집게와 사마귀의 앞발에는 짙은 막이 둘러져 오러에 휘감긴 병장기와 마치 자석처럼 붙어 있었다.

기괴한 네 개의 앞발 표면을 덮고 있는 막의 정체는… 오러였다.

맙소사! 오러를 발현하는 몬스터라니!

정예들의 얼굴이 딱딱하게 굳어졌다.

"예비대 투입!"

지금은 자존심 따위를 따질 상황이 아닌 것이다.

두 개의 보조 파티가 빠르게 가브가브에게 달려들었다.

판단은 좋았다. 또 다른 정예들이 외곽을 돌며 엄호에 들어갔고, 6인으로 조직된 암살자들이 무수한 잔상을 뿌리며 가브가브의 인공 지능을 교란시켰다.

최초 18인의 정예들은 무사히 뒤로 물러나 다른 이들과 함께 협력과 보조를 오가며 가브가브를 상대했다.

이후 약점을 찾는 식의 탐색에 가까운 공격이 이어졌다.

15분간 미지근한 공격이 이어졌고, 이는 철저히 무산되었다.

마법도, 정령도, 사령도, 오러도 먹히지 않는 상대였다.

그렇다. 이건 무생물이다. 기계였다.

유일한 단점은 움직임이 느리다는 것. 물론 이도 상대적인 관점에서였다. 지치는 건 당연 유저들 쪽이었다.

거대한 골렘들이 연이어 소환되어 나타났다.

스톤 골렘 세 기와 우드 골렘 다섯 기, 머드 골렘 여덟 기가 소환한 유저들의 명령을 좇아 가브가브의 다리에 매달려 움직임을 저지시켰다.

"좋아!"

둔화된 가브가브의 등 위로 정예들이 올라탔다.

가브가브의 등 위에서 쩡쩡거리는 강렬한 타격이 몇 차례 터져 나왔지만, 그게 다였다.

가브가브 주위를 날던 장갑 풍뎅이들이 몸을 터뜨려 등 위에 올라탄 정예들을 요격해 댔다.

이어 가브가브를 둘러싼 정예들을 향해 머리 위에서 강산과 금속 파편 공격이 이어졌다.

뿌연 황산 안개가 걷히자 등 위에 올라탄 정예는 아무도 남아 있지 않았다.

물론 정예답게 데드당한 유저는 없었다.

성과가 없기는 가브가브도 마찬가지였다. 그렇게 빠르게 이동하는 정예들을 따라잡지 못하자 가브가브는 귀찮은 듯이 머리를 부르르 떨었다.

뭔가를 계산하고 있음이다.

가슴에 붙은 두 쌍의 앞발에 변화가 일었다.

집게발 형상이 액체화하더니 길쭉한 일본도 형태로 자라났고, 마찬가지로 낫 형태의 발은 랜스 형태의 창으로 변모했다.

이는 자신의 등을 가격한 정예들의 아이템이지 않은가.

브으으읏―

순간, 짧고 신경질적인 울림이 터지며 기동을 방해하는 골렘들을 단 일참(一斬)에 두 동강 내버렸다.

"으헉!"

골렘과 연결된 소환사들이 가슴을 부여잡고 뒤로 물러났다.

그 아득한 고통… 나는 안다.

슈샤샤샥― 팟팟!

이어 공간을 가르는 빛의 출렁임이 가브가브를 중심으로 펼쳐졌다.

"이크크!"

"우왁―!"

이번에는 근접 격수들 사이에서 다급한 경호성이 터져 나왔다.

저 멀리 튕겨 나가는 모습이 만화적이었다.

9미터, 12미터에 달하는 거대한 무기를 어떻게 인간의 몸으로 감당할 수 있으랴. 몇 겹으로 두른 가호(버프)가 그들을 지켜주었음이 틀림없으리라.

"물러나! 정비. 대열 정비!"

세 개의 파티가 썰물 빠지듯이 가브가브에게서 떨어져 나왔다.

"젠장, Part 2 몬스터답게 강철거인 아니면 진압이 되지 않는 설정인 거야?! 그런 거야?!"

거친 푸념이 여기저기서 터져 나왔다.

하나 푸념은 길지 못했다, 이제부터는 가브가브의 공격 차례였기에.

가브가브는 기다란 다리를 모아 머리를 가슴에 붙이며 전체적으로 몸을 구부렸다. 무기로 만든 다리 두 쌍만이 양옆으로 삐져나왔다.

곧이어 두 쌍의 거대한 무기의 날이 날카롭게 빛났다.

그렇게 폭 넓은 타이어가 연상되는 외관으로 변했다.

"뭐, 뭐야?!"

"저, 저래도 되는 거야? 이건 판타지라고."

나 역시 감상은 비슷했다. 눈앞의 상황은 마치 변신 로봇 만화를 보는 듯했다.

"배리어가 사라졌다. 지금이야, 공격이다!"

눈치 빠른 유저가 외쳤다.

반신반의로 시작된 무수한 공격이 가브가브를 향해 떨어
져 내렸다.

콰광―!!

사실이었다. 이는 처음으로 멤버들이 가한 공격이 먹혔다
는 것이다.

표면을 강타한 마법과 물리적 공격에 텅텅거리는 굉음이
울렸고, 가브가브의 체력 게이지가 꿈틀거렸다.

유저들 사이에 그제야 안도의 표정이 떠올랐다.

"흐흐, 역시 패턴이야, 패턴."

"맞아, 그런 것 같아. 무적 모드가 무한정 길 수야 없지."

과연 그럴까?

그 순간 나에겐 한줄기 메시지의 경고가 올라왔다.

> 앞서 가는 모험가 팁:계곡의 주인이 스킬 '당랑거철'을 준비 중입니
> 다.

다른 이들에게 경고할 겨를은 없었다.

그그그그긍.

땅이 진동했다.

정면 폭 7미터, 지름 12미터의 웅장한 수레가 구르기 시작
했다.

처음엔 천천히… 그리고 이내 공격이 이루어지는 무리를

향해 무서운 속도로 돌진했다.

우르릉, 콰콰콰콰쾅—!!

"으악—!!"

무수한 멤버들이 사방으로 튕겨 오르고 더러는 잔인하게 수레에 깔렸다.

공격이 통한다고 착각하며 너무 많이 달라붙어 있었다.

수레는 거침없이 캠프 내부를 누비기 시작했다.

자지러지는 비명이 끊임없이 터져 나왔다.

원정대의 파티창에 올라 있던 멤버들의 명단에 드디어 검은 칸이 주르륵 생겨났다.

방어선이 무너지기 시작한 캠프, 비명을 질러대며 우왕좌왕하는 사장들, 한 줌의 빛 먼지로 화해 사라지는 멤버들… 비명, 노호성, 절규, 욕설, 거친 저주가 캠프를 지배했다.

난장판이 된 캠프를 바라보며 파티장이 중얼거렸다.

"…누가 저런 놈을 깨운 거야……."


쏘리… 진심은 아니구.


              *              *              *


"강철거인 없이는 공략 불가!"

"처음부터 저런 상대라니……."

멤버들은 캠프를 버리고 뿔뿔이 흩어지며 파티 통신으로 투덜댔다.

원정대 종합 파티 상태창엔 이미 반수에 달하는 멤버 리스트가 검게 꺼진 상태였다.

갑갑한 가브가브… 강철거인인 말고는 해답이 떠오르지 않는 상대일지도 모른다.

큰곰이와 작은곰이가 눈으로 물어왔다.

전송 게이트를 생성시킬 것이냐? 그거였다.

이곳의 위치는 아무리 멀다 해도 바미안의 변경이라 임시 게이트를 만들 수 있다. 강철거인을 이동시키려면 엄청난 마력이 소모되겠지만, 오히려 이쪽이 문제였다.

가브가브가 과연 강철거인을 동원해야만 하는 상대인가.

가브가브는 무적의 위용을 과시했지만 내 눈엔 뭔가 3% 부족한 필드 보스였다.

나는 두 곰이에게 고개를 저었다.

두 사람 역시 공감하며 고개를 끄덕였다.

큰곰이가 흐흐, 웃으며 가방에서 끝이 갈라진 종이 뭉치를 꺼냈다.

"신문지 찢어 흔들어본 사람만이 이 맛을 알지. 불러낸 사람이 마무리 지을 거얌."

작은곰이도 크으, 하며 가방에서 끝이 갈라진 종이 뭉치를 꺼내 흔들어댔다.

"난파된 해적선에 유일한 선원이 있다면 지오라고 생각해.
열심히 응원할 테니까⋯ 알지?! 형제 작업장 홍보."

그렇게 둘이 합세해서 등을 떠밀었다.

"⋯⋯."

'알았다고요! 나가요!'

두 사람의 응원(?)에 나는 메이지 지오에 대한 신뢰를 불어
넣었다. 내가 나를 믿지 않으면 누가 믿으리. 강철거인 제작
이 최종 성장 목표지만 가브가브의 위용이 내 가슴 밑바닥에
도사린 승부욕을 자극했다.

'좋아, 불러냈으니⋯ 내가 책임지지.'

캠프 중앙에 떡하니 버틴 채 가브가브가 변신을 풀자 층층
의 보호 장막이 다시 생겨났다. 장막의 색이 선명했다.

더 도전해 보라는 의사가 느껴졌다.

"저걸 어떻게 이겨?"

원정대원들은 낙담한 얼굴로 그런 시위를 바라볼 뿐이었
다.

나는 캠프 중앙으로 다가갔다.

무기화한 다리를 뻗으면 닿을 거리.

가브가브가 삼각형 머리를 90도로 꺾으며 고작 너 따위라
는 느낌을 내게 전달했다.

등 뒤의 비아냥도 커졌다.

"형제 작업장, 포기군요."

"저걸 어쩌나? 루키가 정신줄 놓았어."

이걸 어쩌나, 장갑 사마귀에 대한 공략을 정립했는데 말이지.

왼 손가락 사이에 플라즈마 구슬 두 개를 아슬아슬하게 쥐고, 이미 플라즈마 구슬이 장착된 스태프를 거드름 피우는 장갑 사마귀에게 겨누었다.

이미 장갑 사마귀의 주변에 선명한 막이 자리 잡고 있었다.

동화율을 짧게 튕기며 마력 주입, 플라즈마 방사!

쁘아아앙―

폭음이 터지며 새파란 플라즈마 덩어리가 장갑 사마귀가 만든 에너지 막과 격돌했다.

프스스슷.

결과는… 맛있게 헌납당했다.

고열의 에너지원을 먹고 이마에 박힌 파란 구체에서 더욱 진한 남색 빛이 뿜어져 나오자 장갑 사마귀는 상체를 끄덕거리며 아주 흡족해했다.

표면은 철판에 참기름을 바른 듯 윤기로 번들거렸다.

잠시 기대하며 바라보던 멤버들 사이에서 비아냥 대신 야유가 터져 나왔다.

"저 바보, 소용없다니까?!"

"사장님, 원정 실패입니다. 그냥 돌아오세요."

"저님 죽으면 빠른 전멸 갑니다."

그러거나 말거나 나는 여분에 남은 플라즈마 구를 빠르게 장착했다. 그리고 다시 방출! 연속적으로 플라즈마를 방사했다.

연이은 폭음과 새파란 섬광이 캠프를 장악했다.

문제는 가브가브의 반응이었다.

송곳형 뒷다리를 형식적으로 찍어왔는데 살짝 피할 수 있는 수준이었다.

주변을 돌며 플라즈마탄을 날리는 데는 전혀 문제가 없었다.

적극적으로 나를 상대한다는 느낌은 들지 않았고……

아, 따뜻하다! 딱 이런 느낌이었다.

쁘아앙— 쁘아아앙— 쁘아아앙— 쁘아아앙—

연속해서 열여덟 방의 플라즈마탄을 날렸다. 이를 섭취한 장갑 사마귀의 표면은 더욱 푸르게 변했고, 후끈한 열기가 표면 전체로 뿜어 나오기 시작했다.

맛있는 걸 선사해 주었기에 장갑 사마귀는 거드름 피우듯이 상체를 뻣뻣하게 일으키며 소극적인 견제조차 멈추었다.

'그래, 배 터지게 먹어라.'

모두가 지켜보는 가운데 얇은 유리막이 가브가브의 표면에서 떨어져 내렸다.

갑갑한 가브가브의 생명력이 3% 증가했습니다.

갑갑한 가브가브의 방어막의 밀도가 3% 조밀해졌습니다.

갑갑한 가브가브의 표면 내구도가 3% 강화되었습니다.

탈피의 결과는 가브가브의 성장이었고, 그 순간 등 뒤로 멤버들의 야유가 터져 나왔다.

"지금 뭐 하는 거야?"

"저님, 머리가 어떻게 된 거 아냐?"

"미친 거 아냐?!"

그러든 말든 나는 이번엔 플라즈마 구슬을 몽땅 털어 넣었다.

쁘아아앙—!!

*　　　　　*　　　　　*

"욱욱."

구토가 규칙적으로 치밀어 올랐다.

아티펙트의 도움을 받았지만 기본적으로 마력이 뒷받침되어야 한다. 마력은 바닥에서 겨우 3% 정도 남은 상태에서 고갈과 미약한 충전을 반복하고 있었다.

어질어질한 현기증이 밀려왔다. 동화율을 연속으로 튕겼

기에 뇌 속이 부글부글 끓고 있음이다.

그에 반해 가브가브의 상태를 나타내는 파라미터는 이보다 더 좋을 수가 없을 정도로 좋아지고 있었다.

갑갑한 가브가브의 생명력이 8% 증가했습니다.

갑갑한 가브가브의 방어막의 밀도가 8% 조밀해졌습니다.

갑갑한 가브가브의 표면 내구도가 8% 강화되었습니다.

마력을 헌납해 가브가브를 테이밍할 생각이냐고? 그것은 절대 불가능하다.

가브가브의 장갑 표면이 플라즈마 특유의 푸른색에서 진홍색으로 변하더니, 새벽 여명을 받아 붉게 이글거렸다.

지금이다!

나는 인벤토리에서 짙은 청색의 구슬을 꺼내 스태프 끝에 장착했다.

놈은 기다렸다는 듯이 플라즈마 에너지를 받아먹으려고 가슴을 내밀었다.

동화율을 압축, 폭발시키며 마력을 불어넣었다.

메이지 지오의 순간 동화율이 22%에서 88%로 급등했습니다.

"콜라 곰의 입김—!"

푸학—!!

스태프 끝에서 새하얀 냉기 다발이 가브가브를 향해 폭사되었다.

대기는 순식간에 얼어붙으며 짙은 눈발을 휘날렸고, 대지 표면에는 살얼음이 맺혔다.

그그그그긍.

가브가브 특유의 긴장 빠진 흐느적거림이 멈추었다.

경직!

가브가브의 머리 표면에 외계어 같은 이모티콘이 마구잡이로 생겨났다 사라졌다.

그리고 마찰음도 충격음도 없이… 대기를 쪼개는 듯한 차가운 파열음이 터져 나왔다.

쩌정—!!

그랬다. 가브가브는 냉기 다발을 당연한 듯이 삼켰다. 이도 엄연한 마력체이기에.

이미 고열의 플라즈마를 내부로 받아들인 가브가브. 그리고 탈피의 원동력으로 이용하기까지 했다.

그리고 냉기까지.

고열에 달구어진 금속을 급속도로 급랭시켰을 때 금속은 더욱 단단해지거나 아니면… 이처럼 터져 버린다.

게다가 움직이는 대상이라면 두말할 나위 없이 후자일 터였다.

나는 급히 경직된 가브가브 곁으로 다가갔다.

주변 모두가 나를 숨죽이고 지켜보고 있었다.

여유롭게 건들건들.

가브가브의 상체가 서서히 아래로 내려왔고 그 궤적에 맞추어 아래에서 위로 쳐올리는 어퍼 스윙을 날렸다.

스태프 끝이 더듬이 끝에 붙은 왕관에 정확하게 닿았다.

땅—!!

경쾌한 타격음이 울리며 왕관이 포물선을 그리며 날아갔다. 이어,

챙그랑—!!

우수수수—

거대한 금속 더미가 주저앉는 식으로 눈앞에서 무너져 내렸다.

주변은 정적에 잠겼다.

'이것으로 누구도 흉내 낼 수 없는 나만의 카운트 완성!'

두둥—!!

우렁찬 북소리가 귓가에 울려왔다.

앞서 가는 모험가, 메이지 지오님이 금속 갑충 계곡의 최초 공략자가 되었습니다.

메시지가 주르륵 올라왔고, 등 뒤에서 큰곰이가 가늘게 들뜬 목소리로 찢어진 종이 뭉치를 요란하게 흔들며 외쳤다.

"사장님, 나이스—샤앗!"


쌩유—

機甲戰記
Massacre
기갑전기 매서커

게임을 즐기는 방식은 사람마다 가지가지다.

생산을 통해 무언가 만드는 소소한 재미에 빠진 사람, 재료 시세를 살펴 순간적인 타이밍을 노리는 단타 투자가까지… 우리 현실에서 볼 수 있는 모든 직업군이 가상 사회에도 역시 존재한다.

마찬가지로 현실에 '엄친아'들이 있듯이 가상에서 뭘 해도 슈퍼 플레어가 있다.

바로 나 같은 유저 말이다.

…재수없어도 할 수 없다.

현실에선 넓은 원룸에서 홀로 생활하는 걸 지상 극락으로 여기는 흔하디흔한 걸덕후가 나다. 잘하는 거라도, 먹고살 수 있는 거라도 있어 다행인 경우다.

아무튼 가상 게임에도 유행이 있다.

E&T는 그나마 국제적인 투자를 유치해 세계적으로 뿌려댄 글로벌한 가상 게임이라 그 수명이 지금부터 최소 1년은 보장된 상태다.

그러나 1년 뒤에도 이 잘나가는 일곱 지오를 다른 가상 게임에서 볼 수 있을지는 나도, 그 누구도 장담 못한다.

게임 수명의 연장은 차후 어떤 대규모 투자를 유치했을 때나 가능할 것이다, 여느 게임들이 그러했듯이.

다행히 E&T Part 2는 전 세계적으로 유행하고 있다. 소말리아 해적까지 한다 하니 그 인기를 능히 짐작할 수 있다.

Part 3 이야기는 당분간 나올 기미가 없어 보인다.

아무튼 지금의 럭키 하이 상태는 E&T의 몰락과 함께할 게 뻔했다. 그렇기에 나의 미래가 요동치는 파도를 헤치는 나룻배 신세임은 여전히 변함이 없다.

나의 성공은 E&T가 띄웠고 E&T가 가라앉힐 수 있다.

그런 의미에서 메이지 지오를 보라.

흔해 빠진 아티펙터였다. 그런 아티펙터가 원정대 절반을 말아 잡순 필드 보스 가브가브를 장난하듯이 해치웠다.

비로소 나는 처음으로 필드 보스를 상대하는 공략 패턴을 확립했다.

만족한다.

유저들을 상대한다는 부담감을 벗어버리고 오랜만에 충분히 즐길 수 있었다.

아무튼 고백하건대, 나에게 한정된 행운의 유통기한이 있다면 그것은 가상에서만 유효하며 통용된다는 것이었다.

무슨 말이냐면… 벌 수 있을 때 시쳇말로 당겨야 한다는 거다.

내 눈에 들어오는 모든 유저들이 돈으로 보였다.

그래, 돈독이 제대로 올랐다.

겉으로 시리어스한 포커페이스를 유지하는 내 모습은… 다 거짓이다.

'흐흐.'

주변으로 기웃거리는 인물들이 많아졌다. 눈 마주치기가 겁날 정도로 유저들은 나를 주시하고 있었다. 어설픈 웃음을 날리며 대화를 갈망하는 느낌을 팍팍 풍겼다.

왜 아니 그럴까!

이제 모두들 알고 있다, 내가 제일 처음으로 대지의 일족 퀘스트를 클리어했음을.

물론 퀘스트는 같이 클리어했지만 최종 타이틀 획득에서 퀘스트 아이템까지 모두 나 한 사람에게 집중되었다.

퀘스트 공헌도 시스템에 의한 분배 결과였다.

100% 나 혼자 독식했다.

다른 원정대원들에겐 '금속충 계곡을 탐험한' 이란 겸손한 타이틀 하나랑 필드 지도 밝히기가 가능한 정도의 혜택이 주어졌을 뿐이다.

그 반면, 나에겐 어떤 변화가?!

별거 없다. 대충 이런 거지. 후훗.

'갑갑한 가브가브를 처치한' 타이틀을 획득했습니다.
첫 타이틀 획득자로 INT 스탯이 영구적으로 13B 올라갑니다.
보너스 스탯으로 88포인트가 부여되었습니다.
금속 갑충에 대한 공격 보너스가 8% 영구 적용됩니다.
…….

알게 된 비법:
1. 금속 갑충의 잔해를 통해 희귀 마법 금속 축출법을 알게 되셨습니다.
2. 가브가브의 고질량 공간 이동 능력에 대한 단서를 찾았습니다.
3. 금속 갑충을 이용한 재료 아이템으로 가공할 방법을 알게 되었습니다.
…….
12. 가브가브의 지하 둥지에 대한 위치를 파악하셨습니다.

결정적으로,

이는 대지 일족이 원정대 누구에게 말을 걸든 나에게 와야
한이다.

아니나 다를까, 금속층 계곡 변경에 이르자,

쿼스트창에 표시된 쿼스트 하나가 점멸하며 자신의 존재
를 알렸다.

# Quest

### 실종된 광맥 탐사대.

가브가브 둥지에 고립된 대지 일족 광맥 탐사대를 구출하라.
가브가브를 처치한 증거를 보여주면 대지 일족은 당신에게 무한의 신
뢰를 표할 것이다.

가브가브의 왕관 형태의 더듬이 끝이 빛을 발했다.

후우우웅—

공기가 진동했고 순식간에 검청색 빛이 나를 휘감았다.

암혹이 반겼다. 위협적인 기운은 느껴지지 않았다.

"나이트 아이! 라이트 볼!!"

내게 간단한 생활 마법을 걸고, 빛 덩어리를 공중에 띄웠
다.

그러자 천장이 돔 형태인 거대한 공동이 모습을 드러냈다.

"와우—!"

탄성이 절로 터져 나왔다.

돔형 실내 구장에 비견될 만한 규모로, 사방으로 구멍이 뚫
려져 있었다.

공동의 중앙엔 검붉은 철광 원석과 원색의 빛을 발하는 알
수 없는 원석들이 둥지 형태로 쌓여 있었다.

다름 아닌 가브가브의 둥지였다.

"역시! 부자였어."

몬스터는 죽어서 아이템을 남기고 보스는 죽어서 타이틀
을 남긴다 했다. 그러나 가브가브는 타이틀에서부터 값진 재
료템까지 두루두루 남긴 것이다.

'이걸 다 옮기려면… 한 일주일로도 부족하겠는데.'

그렇게 침을 흘리고 있는데 등 뒤에서 인기척이 들렸다.

그들이었다.

가슴 아래 치에 오는 키에 옆으로 넙대대한 아인종, 대지의

일족인 드워프였다.

말은 통할까.

거리를 둔 채 뭐라고 자기들끼리 의견을 주고받는데, 추측 가능한 그 어떤 단어도 나오지 않았다.

당황한 눈으로 바라보는 그들에게 나는 말 대신 가브가브의 왕관 더듬이를 들어 보였다.

그러자 드워프들은 경악하며 더욱 멀리 떨어졌다.

나는 웃으며 왕관 더듬이를 머리에 썼다. 내가 잡았다는 것을 그런 식으로 표현했다.

순간, 무슨 조화인지 그들의 말이 들리기 시작했다.

"인간 마법사다. 인간이 어떻게 여기에 있는 거야?"

"저것은 분명 가브가브의 더듬이다."

"인간 용사가 가브가브를 처치하다니, 믿을 수가 없어."

총 열두 명의 드워프였는데, 특유의 뻗친 수염이 그리 길지 않은 것으로 보아 젊은 드워프들로 보였다.

자식들… 좀 있어 보이는데?

"가브가브는 제가 처치했습니다."

"헉!"

내 말을 알아들었는지 기함을 터뜨리며 한 발짝씩 뒤로 물러났다.

나는 재빨리 가방을 열어 그들 앞에 판을 벌였다.

이 공간 창고에서 가브가브의 커다란 삼각형 머리와 중요

사체 일부를 늘어놓자 약간은 안심이 되었는지 드워프들이 다시 다가왔다.

가브가브의 부산물들을 확인한 그들은 벌어진 입을 다물지 못했다.

이어 호감 넘치는 탄성이 터져 나왔다.

나는 그런 그들 앞에서 바미안 특산의 붉은 맥주를 꺼내 맛있게 목을 축이는 여유를 부렸다.

"끄윽—"

통쾌한 트림을 연출한 뒤 열두 명의 드워프에게 붉은 맥주를 돌렸다.

"인간이 만든 맥주… 인간의 맛이라…….."

"맛이… 그럴듯한데?"

당연하지. Part 2로 이전한 지역에서 나온 음식은 NPC에게 우호적으로 인식하게끔 되어 있거든.

'뉘들, 내가 준 물 먹었어. 크크크.'

아무튼 드워프들에게 내가 위해를 가할 존재가 아닌 점을 확실하게 피력했음이다.

'자자, 이제 젖과 꿀이 흐르는 대지 일족의 지하 도시로 나를 안내해라. 아니지, 금화와 보석이 흐르는 도시가 맞겠지. 흐흐.'

속셈을 노골적으로 드러내지 않고 말은 점잖게 했다.

"고생들 많으셨습니다. 이제 집으로 돌아가셔도 됩니다."

내가 말할 때마다 머리에 쓴 왕관이 명멸했다.

이에 황금색 수염의 드워프가 앞으로 나섰다. 이들 가운데 눈에 의심스러운 빛이 역력한 유일한 드워프였다.

'인간의 말이 기계어로 우리에게 전달되는군.'

'그래서 딱딱하게 들리는군요.'

황금 수염의 드워프는 둥지를 향해 고개를 숙였다.

"가브가브는 훌륭한 광부였다. 이 공동과 그가 모아놓은 광물이 그것을 말해주고 있지. 또한 놀라운 광맥 탐사가이기도 했고. 그가 무심하게 채굴하는 그림은 깊은 감명을 주었는데……."

"…잉?"

왠지 어감이 가브가브를 진심으로 존경하고 있는 듯하지 않은가. 이 미친 마대자루가! 그럼, 그 가브가브를 해치운 난 뭔데?!

"아, 미안하다. 나는 대지 일족의 광맥 탐사대 대장 골드 한이다."

"오, 골드 한님. 수염과 어울리는 멋진 이름입니다."

골드래. 너 딱 걸렸어!

"저는 유저 대륙에서 넘어온 모험가 메이지 지오입니다. 지금은 타락한 군주들의 처단자인 위대한 바미안 영주를 모시고 있습니다."

"인간의 사정은 알 바 없고… 역시 불사의 유저인이라, 이

건가?"

"……."

거참, 수염만큼 까칠하시네.

"험험, 인간들과 같은 의미로 쓰이는 유일한 단어가 골드라 했는데, 맞는 것 같군."

"예, 그 골드가 바로 그 골드입니다."

"고립되어 있었는데, 덕분에 신세를 졌다."

"하하, 신세는 뭘요. 흠모하는 대지 일족을 도울 수 있어서 저야말로 영광입니다."

한데 뭔가를 떠올린 듯 미소가 어른거리던 골드 한의 표정이 순간 굳어졌다.

"인간은……."

"……."

"믿을 수 없다!"

"……!"

"원하는 바를 이야기해라. 우리 긍지 높은 대지 일족이 인간에게 빚을 질 수는 없다."

이 싹퉁머리없는…….

'전부 헉스 공방의 노예로 부려먹겠다!' 라고 외치고 싶지만 꾹 눌러 참았다.

그래. 지오답게, 쿨하게…….

불쾌감을 담아 말했다.

"그냥 가세요."

"엥?!"

"원래 구하려고 한 것도 아니니 신세고 은혜고 셈할 게 없어요."

'…정말로?'

속고만 살았나?!

까칠하게 말을 이었다.

"대지 일족의 실체를 확인한 것만으로도 만족합니다. 대신……."

'대신?'

"가브가브의 공동에 대한 연구를 해야 하기에 빨리 이동해 주셨으면 합니다. 저와 다른 유저들이 여러분을 보면 어떤 생각을 할지 저도 장담할 수 없거든요."

한마디로 축객령이었다.

나에게 남은 퀘스트는 줄줄이 있었다. 하나둘 해결하다 보면 자연스럽게 대지 일족의 실체와 연결될 테니 처음부터 매달릴 필요가 없음이라.

그리고 설정엔 고대 이슈타르인들은 드워프들을 노예로 부리고 사냥까지 했다고 되어 있다. 내가 유저이든 말든 인간에 대해 불신을 가지도록 인공 지능에 세팅이 되어 있는 것이다.

당연 신뢰가 처음부터 생성될 리 없다.

"다른 인간들이 이곳으로 오고 있다는 말이냐?"

"설마, 저 혼자 가브가브를 잡았다고 생각하시는 건 아니죠?"

"인간 원정대의 규모는?"

"탐사대는 여기 모인 분들이 전부입니까?"

"원정 목적은?"

"광맥은 좀 찾았어요?"

물음에 물음으로 답하기로 했다.

"……."

골드 한의 시선이 가브가브의 광석 둥지로 자꾸만 갔다.

어허, 그건 아니죠.

바미안에 마에스트로 헉스님이 손 빨고 있단 말입니다.

"가브가브를 해치우는 과정에 많은 인간들이 상했습니다. 저건 잃어버린 동료들의 식구들에게 작으나마 위안이 될 것 같군요."

"끄응."

결국 골드 한의 입에서 김빠지는 신음이 흘러나왔다.

광맥 탐사대장으로서 빈손으로 돌아갈 수는 없으리라.

"이곳 광맥은 이미 고갈되었다. 하나 빈손으로 돌아가야 하다니……."

"얼마나 많은 동료들이 죽어 나갔는지……."

그러니까 거래를 하자니까.

골드 한을 중심으로 드워프들이 모여들어 머리를 맞대었다.

논의는 그리 길지 않았다.

"험험, 메이지 지오. 우리의 만남은 근 오백 년 만에 이루어진 역사적인 만남이라네."

"오, 그렇습니까?"

"그런 의미에서 기념품을 교환함세."

"좋은 뜻입니다. 한데 제게 기념품이 될 만한 게 있을지……."

껍데기를 확 벗겨주겠어.

"맥주 맛이 독특했네. 기억에서 지워지지 않을 것 같아. 바미안의 적맥주라고 했나? 더 있으면 어디 내어보시게."

"적맥주라면… 다행히 넉넉히 있군요. 여기."

뭘 줄래?

그들은 자동차 공구 상자 같은 것을 내게 안겼다.

땅땅, 망치 소리가 귓가에 울려 퍼졌다.

최초의 교역자.
'당신은 맥주와 드워프 무구 수리 세트와 교환했습니다.'
최초의 교역자 타이틀을 획득했습니다.

에게게?

이것들이?! 혹시… 순 거지 아냐?

물론 수지맞는 장사지만 속에 찰 정도는 아니었다.

"우리 광맥 탐사대는 대지 일족에서 한다 하는 전사로 구성되어 있네. 가브가브를 해치운 용사라면 다른 전사의 징표 같은 게 있을 것도 같은데……."

"그럼요. 가브가브도 강적이지만 이 녀석도 만만찮은 강적이었습니다."

나는 중지 길이의 길게 휘어진 날카로운 송곳니를 품속에서 꺼내 보였다. 송곳니는 은은한 백녹색의 유혹적인 빛을 발휘했다.

바로 오우거 로드의 이빨이었다.

"아앗, 이것은……."

드워프들의 눈빛에 처음으로 탐욕의 빛이 나타났다.

자식들, 보는 눈은 있어 가지고.

반면 골드 한의 얼굴은 더욱 구겨졌다.

적맥주 한 통에 무구 수리 세트를 교환했다. 이는 무엇을 뜻하겠는가?

이는 바로 교환의 비율을 말함이다.

바로 그거다.

1실버로 5골드의 가치가 있는 무구 수리 세트와 교환했다.

그렇다면 오우거 로드의 이빨과 맞교환할 아이템은… 500배 정도의 가치는 가지고 있어야 함이다.

인공 지능의 한계!

'후후후.'

심각한 표정의 골드 한이 들뜬 표정의 동료들과 머리를 맞댔다.

그런 그들에게 지나가는 투로 말했다.

'무기는 안 받아요. 보석은 좋아하지 않고요. 희귀 마법 금속은 대환영이에요.'

골드 한의 어깨가 순간 축 처졌다.

"우리 도시로 인간을 초대하는 건 내 권한 밖의 일이라네. 그래도 과분한 선물에 대해선 상응하는 보답이 있어야겠지."

".........."

당연한 말씀.

"필요한 희귀 금속 목록을 넘겨주시게. 매월 초, 이 장소에 가면 우리들의 성의가 있을 것이네."

골드 한이 지도를 넘겨주자 모루바위라는 지명이 바미안 지도창에 표시되었다.

바미안 외곽 약속 장소에서 물건만 두고 가는 무인 거래를 하자는 것이었다.

나름 만족스러웠다.

한 달에 한 번 드워프와 무역하는 최초의 유저가 된 것이다.

이렇게 일방적인 신뢰와 신용을 쌓아가는 것이지. 크크크.

이어 땡땡! 하며 맥 빠진 망치 소리가 났다.

최초의 지속적인 거래 성립.

'당신은 대지 일족과 오백 년 만에 무인 교역 시스템 구축 합의를 이끌었습니다.'

최초 시스템 구축자로서 길이 남을 것입니다.

동시에… 최악의 불공정 교역자로서 드워프 역사에 길이 남을 것입니다.

어허, 이 지오님이 역사에 기록되다니… 너무 빠른 출세 아냐?!

…그렇군, 다들 이 맛에 악당 짓을 하는 거였어.

*　　　　　*　　　　　*

"후기지수 가운데 자네가 으뜸이지 싶군. 허허허."

공사다망하신 달마 맹주님이 친히 무리를 이끌고 방문하셨다.

다시 한 번 강호대의를 역설할 분위기를 만들고자 함이지만 나의 대답은 사무적이었다.

"퀘스트 갑시다. 비싼 티켓 끊었는데."

…….

어색한 침묵이 흘렀다.

달마 맹주가 너털웃음을 터뜨리며 내 어깨를 다독였다.

"허허허, 그 때문에 내가 직접 왔네. 우리 사이에 약간의 착오가 있었던 것 같으이. 같은 동업자가 티켓을 끊다니… 있을 수 없는 일이지. 강호대의를 행함에 있어 티켓이라니?! 암."

"그냥 하고 싶은 말 하세요. 원하는 게 뭡니까?"

"크흠……."

뒤늦게 나타나서 뭐 하자는 건지.

"퀘스트템은 귀속 아이템이라 공유할 수가 없네요."

"으음……."

달마 맹주의 신음이 길었다.

"드워프와는 이미 만났구요, 거래 틔웠구요."

"헙!"

까칠까칠, 왕 까칠하게 밀어붙이기로 했다.

안타까운 얼굴들이 한가득이었다. 이는 곧 부러움으로.

티켓 팔 때의 그 기상, 그 기백은 다 어디로 갔단 말인지.

그때 누군가가 끼어들었다.

"형제 작업장은 Part 2 아이템을 준비하고 있었습니다."

나는 기가 막혔다.

"아니, 그럼 그 정도도 준비 안 하고 퀘스트에 임했습니까?"

"……."

그 정도는 당연하다는 듯 내 말에 고개를 끄덕이는 인물들이 더 많았다.

달마 맹주가 손을 들어 질투에 눈먼 투정들을 조용히 시켰다.

어느새 그의 눈빛이 유순한 것에서 차갑게 변해 있었다.

"아무튼 형제 작업장의 저력을 확인했네. 충분히 동료로서 어깨를 같이할 능력이 있음을 모두에게 각인시켰어. 이제부턴 티켓을 물리고 우리와 함께하자는 것이지."

"그래요? 그런데 어쩌죠? 저희랑 어깨를 함께할 능력이 있는지 검증이 안 돼서 그러는데… 여러분들에게 제가 납득할 만한 능력이 있는지 알고 싶습니다."

"……."

일시에 기함이 터져 나왔다.

능력을 보이라!

내 말이 틀렸나?

틀렸나 보다.

달마 맹주의 얼굴이 딱딱하게 굳어졌다. 하나 곧 풀리더니 눈빛이 교활하게 빛났다.

"강호도의가 이렇게 타락하다니……."

"티켓이 강호도의죠."

달마 맹주의 입가에 조소가 맺혔다.

"티켓이라… 그래, 그렇다면 능력 떨어지는 우리를 형제 작업장이 바미안까지 호위해 주었으면 하는데, 그 티켓 값이 얼마면 되겠나?"

나름의 화해의 제안이라.

하나, 이미 견적은 나온 상황이다.

"한 사람당 일천만 원입니다."

소리없이 모두의 입이 하마처럼 벌어졌다.

"허허허허."

달마 맹주가 가늘게 너털웃음을 흘리더니 조용히 등을 돌렸다.

그러곤 의미있는 한마디를 던졌다.

"대협이 되시게."

"……."


댁이나.

고달픈 대협보다 내 맛에 사는 소인배를 택하리.

『기갑전기 매서커』 10권에 계속…

론도 판타지 장편 소설

# THE KING OF IMMORTALITY

## 불사왕

모든 마족들의 어버이, 불사왕!
그의 피와 살을 먹은 자는 영원한 생을 얻고 사악한 마족으로 거듭난다.

힘과 기억을 잃은 채 인간으로 환생한 불사왕.
그에게 있어 평범한 일상이란 허락되지 않는 저주인가.

"나를 건드린 것을 후회하게 만들어주마.
이제 더 이상 자비란 없다!"

지금 이 순간,
불사왕의 새로운 신화가 시작된다.

# 저작권 보호!!

## 장르문학의 성장에 힘이 되어주십시오.

### 저작물의 무단 전재와 복제, 불법 다운로드!
### 이것은 관심이 아니라 무관심입니다!

작가님들은 창의적 열정과 시간을 투자해 자신의 꿈과 생계를 유지합니다.
한 권의 책을 만들어 많은 사람들은 자신의 인생과 미래를 설계합니다.

## 저작물 속에는 여러 사람의 노력과 희망이
## 담겨 있습니다!

저작물의 무단 전재와 복제, 불법 다운로드는 여러 사람들의 꿈과 생계를
위협함으로써 장르문학을 심각한 상황에 빠뜨리고 있습니다.

### 이제는 무관심이 아니라 관심으로 장르문학의
### 성장에 힘이 되어주세요.

[도서출판 **청어람**은 항시적인 저작권 보호를 통해 장르문학과
여러분의 희망을 지키겠습니다.]

도서출판 청어람

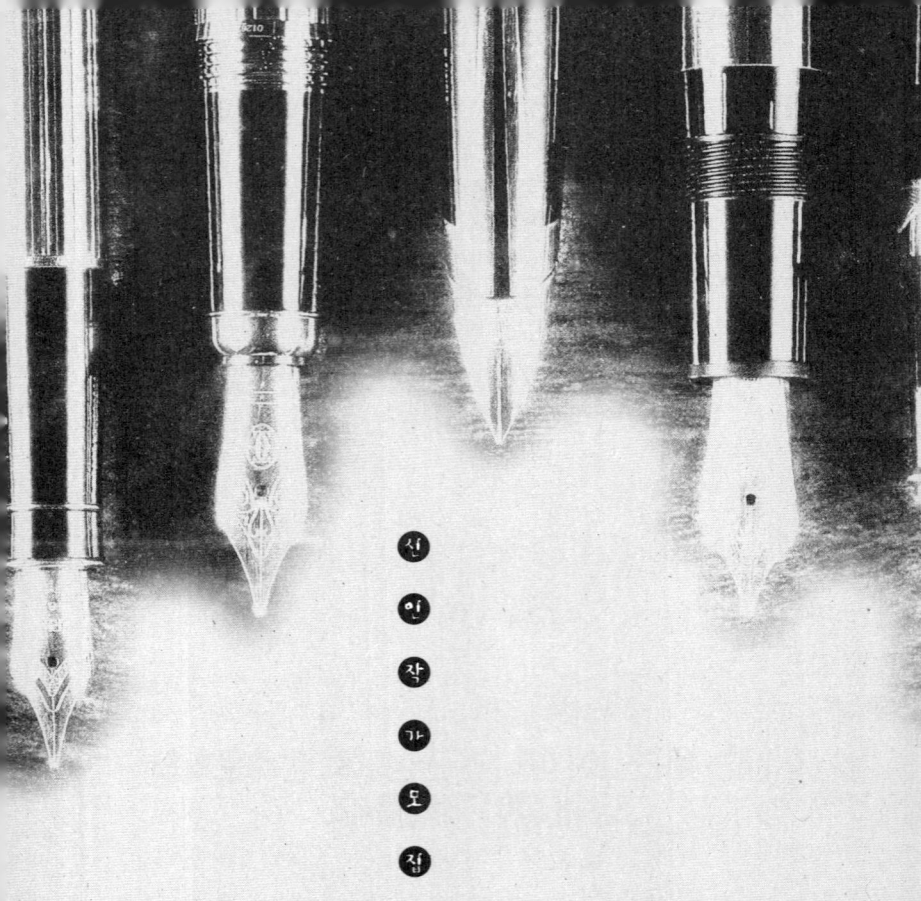

# 천마검섭전

임준후 新무협 판타지 소설

칠혈무정로 1부

인세에 지옥이 구현되고 마의 군주가 천신하면
그 누구도 그를 막지 못하리라!
이는 태초 이전에 맺어진 혼돈의 맹약, 육신에 머문 자나
육신을 벗은 자나 누구도 피할 수 없는 구속의 약속일지니……

주검과 피, 그리고 살기가 강물처럼 흐르는 전장에서
본연의 힘을 되찾게 되는 신마기!
신마기의 주인은 전장을 거칠 때마다 마기와 마성이 점점 더 강해져
종국에는 그 자체로 마(魔)가 된다……

제어되지 않는 신마기…
이는 곧 혼돈의 저주, 겁화의 재앙이다!

유행이 아닌 자유추구 -
WWW.chungeoram.com
Book Publishing CHUNGEORAM

天山魔帝

천산마제

일류 新무협 판타지 소설

내일을 기약할 수 없는 땅, 천산.
소녀로부터 은자 한 닢의 빚을 진 소년 용악,
청년이 된 용악은 천산의 하늘이 된다.

하늘을 가르고 땅을 뒤엎는다!
한 호흡에 만 개의 벽(壁)!!!
지금껏 내게 이빨을 드러낸 것들은 모두 죽었다.

은자 한 닢의 빚을 갚으며 시작된
십천좌들과의 승부.
오너라! 천산의 제왕, 천산마제가 여기 있다!

유행이 아닌 자유추구 -
WWW.chungeoram.com
Book Publishing CHUNGEORAM

長虹貫日

# 장홍관일

월인 新무협 판타지 소설

세상은 언제나 정의가 승리하고,
그래서 사필귀정(事必歸正)이라고?

**개소리!**

세상은 나쁜 놈들이 지배하지.
그러나 그놈들은 아주 교활해서 절대로 나쁜 놈처럼 안 보이지.
현재 무림을 지배하고 있는 백도의 어떤 인간들처럼……

# 암제
# 혈로

暗帝血路

설경구
新무협 판타지 소설

―떠나세요, 가능한 한 멀리.
―하나만 기억하세요. 일단 살아남아야 후일을 도모할 수 있습니다.
―떠나.

오랫동안 연락이 두절되었던 이들이 약속이라도 한 듯 찾아와
꺼낸 이야기들과 함께 시작되는 집요한 추적.
그리고 거대한 음모에 휘말려 억울한 누명을 쓴 채로
오직 살아남기 위해 필사적으로 도주하는 한 사내, 진가흔.

"왜 하필 나입니까?"
"자네가 가장 적당하기 때문이지."
"아시겠지만 그를 죽인 것은 제가 아닙니다."
"물론 알고 있네. 그런데 말일세… 그래도 그를 죽인 것이 자네라는
사실은 변하지 않네."

누구를 믿어야 할까.
적이도 명확하지 않은 상황에서 이유조차 모른 채 도주하던
한 사내의 역습이 시작된다.

유행이 아닌 자유추구 -
WWW.chungeoram.com
Book Publishing CHUNGEORAM